Libuše Moníková

Verklärte Nacht

Carl Hanser Verlag

1 2 3 4 5 00 99 98 97 96

ISBN 3-446-18762-6

Satz: Filmsatz Schröter, München
Druck und Bindung:
Friedrich Pustet, Regensburg
Printed in Germany

1.

Malovanka, Marijánka, Drinopol – die dritte Haltestelle hinter Pohořelec, früher Station »Denkmal des Nationalen Schrifttums«; die Namen wechseln schnell seit einiger Zeit. Das Kloster Strahov wurde im Rahmen der Restitution den Prämonstratensern zurückgegeben, wie lange die Manuskripte des Nationalen Schrifttums dort noch aufbewahrt werden, ist unklar. Der alte Ortsname Pohořelec – Brandstätte, ist geblieben, als Erinnerung an die häufigen Feuersbrünste in dieser Vorstadt von Hradčany. Ich steige aus. Die Zweiundzwanzig fährt weiter, am Gasthaus »Zur Kastanie« vorbei, dem Gründungsort der Sozialdemokratischen Partei, dann auf die Straße der Pioniere zu, mit dem ältesten Mönchskloster Böhmens und der Kirche der Heiligen Margarethe in Richtung Bílá Hora, Weißer Berg, wo in der Schlacht von 1620 der böhmische protestantische Adel vernichtet wurde. Endstation.

Nach dem November 1989 wurde die Straße der Pioniere in Patočkova umbenannt, zur Erinnerung an den Philosophen Jan Patočka, Mitbegründer der Charta 77, der mit siebzig Jahren nach einem elfstündigen Verhör durch die StB, die Geheime Staatssicherheit, an einem Hirnschlag starb. Bei seinem Begräbnis auf dem St. Margarethener Friedhof kreiste knatternd ein Polizeihubschrauber über den Trauernden, so daß die Sprecher nicht zu hören waren. Jeder, der sich dem Friedhof näherte, wurde gefilmt, wer eintreten wollte, mußte sich ausweisen und wurde registriert.

Ich steige am Drinopol aus, vielleicht von *drnopal*, Holzbrenner, Köhler; es könnte dort ein Meiler gestanden haben. Früher habe ich über Namen nicht nachgedacht, sie waren selbstverständlich, wenn auch nicht immer klar; noch die Unklarheit war vertraut. Jetzt bin ich mir keines Wortes sicher. Ich gehe über die Straße, am Gasthaus an der Ecke vorbei, und die steile Treppe zum Hügel Strahov hinauf. Oben steigen die Straßen weiter an, gemächlicher, das Haus, das ich suche, liegt auf meiner abschüssigen Seite, ich kann es bereits sehen. Nicht an Höhe verlieren, Erfahrung von Klettertouren.

In dieser Gegend war ich lange nicht mehr. Ich gehe weiter über den Kamm, die Straßen werden zu Wegen, schmal, verwickelt, enden in Obstgärten und Gebüsch, in dem sich angewehter Unrat hält. Plastik, weggeworfene Flaschen. Auf dem rostig grünen Gras liegt Rauhreif. Zäune. Ein paar Stufen, vereist, das Geländer ist abgebrochen, ich ziehe mich an Gras und Gestrüpp hoch, weiche Ästen und Dornen aus; die Vertrautheit alter Abkürzungen und Durchschlupfe – verwucherte Pfade, abbröckelnde Treppen, gesperrte Wege, im Winter nicht gestreut: Durchgang auf eigene Gefahr. Auf wessen sonst.

Ich komme zum Stadion.

Es gibt noch einen anderen Weg, von der Stadt aus. Über Petřín, den Laurenziberg. Hier könnte der verlassene Steinbruch von Josef K. gelegen haben; jetzt ist der Boden planiert, eine weite Ebene, mit einem der größten Stadien der Welt, umgeben von drei kleineren und von weiteren Sportanlagen. Das Stadion liegt auf der stadtabgewandten Seite des Petřín, westwärts, von der Karlsbrücke aus nicht zu sehen; von dort sieht man nur den Aussichtsturm. Dieser Panoramaweg hinter dem Aussichtsturm, mit der Moldau im Tal und den Hängen und Obstgärten der Kleinseite zu Füßen, ist schön.

Der dritte Weg, der kürzeste, führt hinter dem Denkmal des Nationalen Schrifttums parallel zur Hungermauer direkt auf das Stadion zu: eine breite Straße, *Spartakiádní,* mit der aufgelösten Station Dlabačov, wo Sonderlinien und umgeleitete Straßenbahnen die Turner zum größten Sportfest der Republik brachten, alle fünf Jahre, wochenlang.

Die Gleise, die Einstiegsinseln gibt es noch, die Treppen, die über Eisenbrücken auf die Straße der Spartakiade führen. In die Schleife fährt keine Straßenbahn mehr. Manchmal wird hier ein defekter Waggon abgestellt und verschwindet wieder; keiner steigt ein.

Das Stadion ist verlassen, auch die Wege zwischen den Anlagen: Straße der Geher, der Läufer, der Diskuswerfer, der Fechter, der Reiter, Straße der Athleten, der Motorradfahrer; die Schlichtheit der Benennungen ist der Größe des Areals angemessen. Die Tore, mit Stacheldraht und Sicherheitszaun versperrt, wirken immer noch riesig. Die Tribünen, die ich nach Überklettern mehrerer Barrieren erreiche, sind schadhaft, die Bänke und Stufen kaputt, der Beton brutal unverputzt, als sollte dieser Bau die Massen bändigen – Piranesis *Carceri*, nicht für Menschen gedacht, nur luftiger, aber unter den Überdachungen ähnlich düster.

Ich höre die Schreie aus den Kehlen von Tausenden; Soldaten, die im Galopp aus den Toren hereinströmen, die nackten Oberkörper verschwitzt vor Hitze und Anspannung, die Haut leuchtet in der Sonne.

Das Strahov-Stadion, auf dem ich zweimal als Schülerin bei der »ganzstaatlichen Spartakiade« geturnt habe. Beim ersten Mal mit einem Würfel, rot für Mädchen, gelb für Jungen; da in der Klasse die Schülerzahl nicht aufging, turnte ich als Junge, mit gelbem Würfel in roter Turnhose und weißem Träger. Das Stadion Strahov faßte 16000 Turner und 220000 Zuschauer; ein Umstand, der sowjetische Delegationen – ich habe einen Russen nie allein durch die Stadt gehen sehen – regelmäßig vor Neid erblassen ließ. Die Vorstellungen waren während der ganzen Spartakiade ausverkauft.

Meinen ersten Würfel hat meine Mutter genäht und geklebt, aus grauer Pappe. Durch das Greifen und Werfen wurde er so weich und eingedellt, daß er die Würfel über sich, zur Pyramide aufgebaut, mehrmals zum Einstürzen brachte. Bis ich für den Auftritt endlich einen richtigen Würfel bekam – mit der falschen Farbe.

Der Höhepunkt des Turnens war jeweils eine Figur, bei der alle in der Gruppe zu einem Muster wurden, die turnenden Körper im Stillstand, die Turngeräte zusammengelegt – dann die nächste Bewegung, von innen nach außen, von links nach rechts, und das Mosaik entfaltete sich zu einem neuen Muster für die Zuschauer auf den Tribünen, ein Kaleidoskop der Einfältigkeit; dazu aufschwellende Musik aus Lautsprechern und Gedichtetes. Über die Schönheit unseres Landes, über den Frieden, die Kriegsgefahr aus dem Westen, und daß wir auf der Hut sein müssen. Dann zurücklaufen auf die weiß markierten Steh-Punkte, sich auf der Stelle drehen und mit erhobenen Würfeln die nächste Figur darstellen.

Beim zweiten Mal, fünf Jahre später, als *dorostenka*, Heranwachsende, mit einem weißen Kunststoffreifen: ähnliche Bewegungen, ähnliche Muster, nur weniger eckig; wir waren fünfzehn. Außerhalb des Trainings nutzten wir die Reifen, um *hoola hoop* zu probieren.

Als wir durch das Tor marschierten, Slowakinnen und Mährinnen darunter – für viele von ihnen war es der erste Besuch in der Hauptstadt; in der Hitze strömten aus den Baracken die nächsten, die sich für ihren Auftritt sammelten, die kleinen Kinder aufgedreht: Heulkrämpfe, Durchfall, Sonnenstich, Durst –, las ich über dem Tor die

Parole: Der Sozialismus hat bei uns gesiegt! Seitdem waren wir nicht bloß ČSR, die Tschechoslowakische Republik, sondern ČSSR; es war 1960.

An der Spartakiade waren alle Bevölkerungsschichten und Altersstufen beteiligt; Kinder im Vorschulalter, die um einen Maibaum hüpften, angeführt von ihren Leiterinnen, oder im Alternativprogramm mit den Eltern ihren unbeschwerten fröhlichen Alltag darstellten, und Rentner, die nicht zurückbleiben wollten, ehemalige Vorturner.

Die Gymnastik der Frauen: vierzig-, fünfzigjährige Arbeiterinnen und Angestellte, die sich regelmäßig nach der Arbeit trafen und für ihren Auftritt trainierten, unter Druck gesetzt, agitiert von den Kaderleitern der Betriebe, aber auch mit merklicher Lust an der Abwechslung, an Körperbewegung, weg von der Familie und der Arbeit zu Hause. Das Programm war noch schlichter als das Turnen mit Reifen; als Requisit dienten farbige Tücher, eingeklemmt hinter dem Gummigürtel. Die Fortgeschrittenen schwangen Keulen, die Figuren waren gleich.

Ein Jahr lang wurde wöchentlich geübt, zunächst ohne Musik, das letzte halbe Jahr intensiv. Der normale Turnunterricht in Schulen entfiel: Ballspiele, Geräte, Lauf. Wir standen auf den Merkpunkten und warteten auf unseren Einsatz; dann zwei Meter nach links laufen, Drehung, zwei Meter nach rechts, Drehung, Schwenk links,

Schwenk rechts, den Reifen heben und senken, über den Handrücken abrollen, nach links laufen, nach rechts, auf die Marke zurück, drehen. Die eigentliche Leistung bestand darin, den eigenen Punkt wiederzufinden.

Man sah erst bei den Vorführungen anderer Gruppen – wir bekamen ein paar Eintrittskarten für die Vormittagsvorstellungen als Entlohnung –, wie viele Patzer, wie viele Verirrte es gab, die ihren Punkt nicht finden konnten, die anderen turnten weiter, die Verlaufenen liefen hin und her, versuchten, die anderen von ihrem Punkt zu verdrängen, manchmal war es *ihr* Punkt. Und die stellvertretenden Sekretäre auf den Tribünen, vom Sitzen schwer, sahen diesem Treiben aufgelöst zu und klatschten voll Begeisterung und Rührung.

Choreographen, Komponisten, Dichter verdienten an dem Staatsauftrag, die Industrie, die die Bekleidung lieferte; Turnanzüge, Röcke aus Trikotin – rot, mit weiß gestrichelten Blumen, Gummizug in der Taille, für alle Erwachsenen die gleiche Weite; Sondergrößen waren sofort vergriffen. In der Stadt wurden die Röcke noch getragen, je näher zu Strahov, desto entkleideter waren die Frauen.

Man sah Menschen in Turnhosen auf den Straßen; *dorostenky* in knappen Trikots, zur Begeisterung der Soldaten in den Kasernenfenstern der Burgvorstadt; aber auch alte Frauen, Arbeiterinnen mit Krampfadern, der Bauch hervorquellend unter dem zu stramm sitzenden Gürtel, wabblige Oberschenkel und Oberarme, verschwitzte Achseln, lachend, wie selbstverständlich durch die Stadt laufend in kollektiver Euphorie. Sie riefen sich *baby!*, Weiber zu, und *děcka!*, Kinder – die Mährinnen. Nach den Bezirks- und Kreisspartakiaden war Strahov der Höhepunkt, ihre Heimat war ein großes Land.

Die Schamlosigkeit war ansteckend. Frauen, die triviale Bewegungen und Hopser im Stadion vorführten, vereint in der Anspannung, keine Fehler zu machen, lachten aufgedreht, wenn sie draußen von Männern geneckt wurden.

Die Spartakiade war auch ein Fest des Exhibitionismus, der in den verbrauchten, nicht gelebten Körpern aufwachte.

Was bei beiden Geschlechtern auffiel: die Krampfadern, die ganzstaatliche Veranlagung zur Bindegewebsschwäche, die verschiedenen Stufen des Verschleißes.

Die Frauen, kaputt von der Arbeit – von der Familie, den Kindern, den Männern.

Die Männer, kaputt vom Bier.

Die Jugend sah anders aus.

Alternativ zum Turnen mit den Reifen gab es ein gemischtes Programm, Mädchen und Jungen gemeinsam, mit gymnastischen Einlagen, technisch anspruchsvoller. Alle Teilnehmer mußten zumindest einfache Salti beherrschen und in guter Kondition sein, das Tempo war höher.

»Zapalte ohně na horách, zapalte ohně v lidských srdcích! – Zündet Feuer auf den Bergen, zündet Feuer in den Herzen der Menschen!« Eine emphatische weibliche Stimme rezitierte die einleitenden Verse, Huldigung an *unsere* Slowaken und ihren Nationalaufstand, in Anspielung auf die traditionellen Feuer in der Tatra, als Folklore kultiviert – dann Trommeln, und die Turner schwärmten aus, verteilten sich über die Fläche. Tobender Applaus; schon der Antritt war mitreißend. Am Ende, gegen Abend, zündeten sie ihre Fackeln an, beeindruckender als unsere Reifen.

Aber der Höhepunkt waren die Soldaten. In weißen Turnhosen, alle für den Auftritt gebräunt. Die geschlossenen Kreise der Leiber drehten sich im Gegensinn, der innere Kreis nach rechts, der äußere links herum, die Glieder verflochten sich zur Basis einer Pyramide, die nächsten kletterten auf ihre Schultern, bildeten eine zweite Stufe, dann noch ein Kreis, eine dritte Stufe. Und oben stand dann einer, der sprang; es kletterte der nächste auf die nackten Schultern der anderen und sprang, und die Kameraden unten machten einen Korridor und fingen ihn auf. Es starben während des Jahres mehrere beim Training, eine Unzahl wurde verletzt, falsch aufgefangen, die weißen Hosen verwandelten sich im Laufe des Auftritts in lehmbeschmierte Fetzen; das Programm wurde erst bei starkem Regen abgebrochen.

Dreißig Jahre unter Verschluß gehaltene Bilder

zeigen vor Anstrengung und Schmerz verzerrte Gesichter, Füße, die den unten Stehenden die Finger einklemmen, auf Haaren und über Gesichter abrutschen, gequetschte Nasen, angerissene Augenbrauen, blutige Stirnen. Die Hunderttausende auf den Rängen standen auf ihren Plätzen und schrien vor Begeisterung.

Bei der ersten Spartakiade 1955 säumten Embleme aus Pappmaché, Wappen der Volksdemokratien, die Tribünen. Die polnische Fahne ins Wappen gezeichnet, neben der rumänischen, ungarischen, bulgarischen, ostdeutschen, chinesischen. Die größten Buchstaben, auch aus der Entfernung leserlich: *CCCP*. Neben jedem Wappen wehte die tschechoslowakische und die sowjetische Fahne, in enger Verbundenheit.

Auf dem Rasen tanzten zum Auftakt Folklore-Ensembles: Frauen in drei, vier Röcken übereinander, mit gestickten Miedern, gestärkten Blusen; Stiefel, Schleifen im Haar. Dazu Zimbalmusik und Geigen. Folklore, das waren Slowakei und Mähren; die böhmische Folklore war nie so feurig.

Die Filmaufzeichnungen aus den fünfziger Jahren, unlängst im Fernsehen gezeigt, haben eine Welle von Rührung und Begeisterung hervorgerufen, so daß man überlegte, sie ein weiteres Mal mit einem erklärenden, abschreckenden Kommentar zu zeigen.

Die lebenden Bilder der Spartakiade. Aus den Tausenden Körpern, alle der gemeinsamen Sache ergeben, hätte man noch andere Bilder zusammenstellen können als Blumensträuße und Pyramiden: Fahnen, Landkarten, Parolen, Wappen. Das Größte: den Kopf von Stalin, mit einer Pfeife, die raucht und ruht, je nach Bewegungen der Massen, Lächeln, Ernst, Stirnrunzeln – das Gesicht wandelt sich wie Zigarettenreklamen auf beweglichen Projektionsflächen. Und dazu Augen, die jeden der 220000 Zuschauer direkt ansehen.

Meine Jugend.

Ich gehe zurück, zu der abschüssigen Straße über Drinopol. Das Haus ist nicht abgeschlossen, wie bereits auch in diesem Viertel sonst üblich. Die hohe Zahl der »Amnestierten«, denen man die kaputten Telefonzellen und Automaten zuschreibt, die Roma aus der Slowakei, die sich in Prag wohlfühlen, die Banden der »Mützler« aus Rußland und der Ukraine, die sich blutig bekämpfen, dazu als größte Belastung die unaufhaltsam anschwellenden Massen der Touristen machen die Menschen in der Stadt gereizt und mißtrauisch.

Die Tür scheuert beim Öffnen und kratzt einen hellen Viertelkreis in dem dunklen Kachelboden nach. Hinter der Parterretür links Geräusche, aber keine Hausmeisterin zu sehen, die fragen würde, zu wem ich möchte. Die Orientierungstafel im Treppenhaus ist vergilbt, einige Namen fehlen, die leeren Fenster bedeuten aber keinesfalls, daß hier Wohnungen frei wären. Der Name, den ich suche, ist im obersten Stock. Ich steige die Treppe hoch, mein rechtes Knie spannt, ich habe mir bei der letzten Probe die Sehne gezerrt. Der Mitschüler, den ich besuche, war vom Turnen befreit. Ich will ihn überraschen – eine Laune, als würde ich in diesem Prag 6, dem Viertel meiner Kindheit, in die Schulzeit zurückfallen.

RNDr. Radomil Nechvátal. Ich klingle. Es dauert. Noch einmal. Schlürfende Schritte hinter der Tür. Wer ist da?

Ich sage meinen Namen. Stille. Wer? Ich wiederhole ihn.

Er öffnet zaghaft, starrt mich an. Er steht da in einer ausgebeulten Trainingshose, schlotternd um die Beine, in der Taille formlos, dieser Mensch ist kein sportlicher Typ. Ich hätte vorher anrufen müssen.

Er sagt *Ahoj*, wartet, ob ich ihm die Hand reiche, ich mache einen Schritt zurück, so schlimm habe ich es mir nicht vorgestellt.

Er sagt, soll ich mich umziehen, ich habe niemanden erwartet. Ich sage, zieh etwas an.

Ja, willst du warten. Draußen, auf dem Flur.

Ich sage, ich warte im Zimmer oder in der Küche. Ich weiß nicht, wieviele Räume er hat, in Prag hat ein Alleinstehender meist nur einen Raum, ein Zimmer mit Küche und Bad. Das ist schon Luxus.

Der schmale Flur ist durch eine Reihe von Regalen eingeengt, voll verstaubter Gläser, in denen sich beim näheren Hinsehen etwas bewegt. Der Gestank ist so groß, daß ich auf der Stelle umkehren möchte, er hat die Wohnungstür aber bereits geschlossen. Er zwängt sich an mir vorbei und führt mich in einen Raum mit weiteren Regalen, diesmal überwiegend Bücher, aber auch zwei Terrarien, ein Kleiderschrank, in der Mitte ein ungemachtes Bett. Das Zimmer ist düster, mit einer Schrägwand, als erstes reiße ich das Fenster auf, es läßt sich nur kippen, versuche hinauszusehen, über mir ist aber nur der grau verhängte Himmel, der jetzt schnell dunkel wird. Er kommt zurück, ist noch dabei, die Hose zuzuknöpfen, die er angezogen hat. »Beteigeuze«, er zeigt nach oben. »Im Süden. Nachts direkt über meinem Kopf. Der rote Riese. Alpha im Orion.«

Er weiß, daß er mich durch Wörter und Daten fangen kann. »Größe Eins. Der Durchmesser mehr als dreimal so groß wie der Abstand zwischen Sonne und Erde.«

Er steht dicht hinter mir, ich kann mich kaum bewegen. »Es sind keine Sterne zu sehen!«, sage ich gereizt und gehe hinaus. Er schließt das Fenster hinter mir. Wir gehen in die Küche, die zugleich Wohnzimmer und Arbeitszimmer ist. Ich frage nach einem Aschenbecher. Nach umständlichem, widerwilligem Suchen bringt er eine Untertasse. Ich weiß, daß er verwirrt ist, unbeholfen und lächerlich, und bin schroff, wie um ihn zu strafen, daß ich nach zwanzig Jahren gekommen bin.

Er versucht aus Verlegenheit den früheren Schulton, *Mitschüler neckt Mitschülerin*, obwohl es in seinem Fall eher umgekehrt war. Als Einzelkind aufgewachsen, von alten Eltern, Zangengeburt, dabei wurde der Kopf eingedrückt; seitdem motorisch gehandikapt, dafür eine Art Intelligenztier. Naturwissenschaften, Philosophie, zum Teil Literatur. Er schrieb, brachte es mir zum Lesen, ich kritisierte mit blasiertem Ausdruck, mit sechzehn gehörte es sich so; science fiction interessierte mich nicht. Die Geschichten waren gut.

Jetzt zeigt er mir einen Sammelband, Weltautoren, Lem, Asimov, mit einer Erzählung von ihm. »Wenn du es mir zurückbringst, kann ich es dir leihen«, sagt er.

An dieser Peinlichkeit bin ich selbst schuld. Ich verziehe das Gesicht, aber jede Lust an Sarkasmus ist mir in dieser Luft vergangen. »Kannst du das Fenster öffnen?«, sage ich. Mir wird ernstlich übel.

Er hüllt sich auffällig in seine scheußliche Strickjacke, schlurft zum Fenster. »Willst du Zwergfledermäuse sehen?«, er beugt sich hinaus.

Ich falle darauf herein. »Wo?«

»Da, hinter dem Dachbalken.«

»Ich sehe keine.«

»Jetzt noch nicht, aber in einer halben Stunde. Sie sind nachtaktiv.«

»Das weiß ich!« Ich werde wütend. »Und was ist in den Regalen?«

»Wachsmotten.« Er zeigt auf einen Glasbehälter mit einer Wabe, auf der Motten sitzen, auch in den Kammern und auf dem Boden des Glases;

verdreckt, verpilzt, verpuppt, der schwere, süßliche Geruch ist kaum zu ertragen. »Chloroform«, sagt er, »$CHCl_3$, Trichlormethan.«

Ich möchte gehen. Statt dessen frage ich: »Wozu Chloroform?«

»Keine Angst«, lacht er, »ich bin nicht süchtig. War es Trakl?«

Ich weiß nicht, was mich an ihm mehr abstößt: seine Erbärmlichkeit oder seine Selbstgefälligkeit.

»Die Waben werden damit sterilisiert«, sagt er. »Gegen Milben, und was die Motten einschleppen. Die Mottenlarven fressen Wachs und zerstören Bienenstöcke. *Galleria mellonella*, auch Bienenwolf genannt. Obwohl, so kann auch die Hornisse heißen«, er lächelt. »Ich meine die Motten. Wir versuchen, sie zu bekämpfen. Ich versetze das Futter mit Antibiotika, knete Penicillin ins Wachs. Die Larven, siehst du, diese kleinen Raupen, werden von Pilzen befallen und sterben.«

»Ist es nicht etwas teuer?«, frage ich.

»Ungereinigtes Penicillin ist billig. Es braucht keine aufwendige Galenik. In der Reinigung habe ich gearbeitet. Kaliumacetat, genau eingestellt auf pH 7,8. Außerdem ist es keine Massenanwendung, eben Grundlagenforschung.«

Ich denke über das Wort Galenik nach.

»Der Befall ist unterschiedlich«, fährt er fort. »Wenn er gering ist, schaffen es die Larven, sich zu verpuppen, und schlüpfen. Dann sind die Imago verpilzt, die Adulten.«

Ich beuge mich über die Gläser. Die Motten, in

unterschiedlichen Stadien der Agonie, torkeln, kriechen voll Dreck und Staub, Staupe, dazwischen tote Bienen auf dem Boden, verklebte Klumpen Wachs, Unrat.

»Und die Bienen?«

»Die sind immun. Produzieren selbst Antibiotika, im Honig. Wenn du Honig nimmst, brauchst du kein Penicillin.«

»Ich nehme kein Penicillin«, sage ich.

Es steigt eine widerliche Wärme von den Gläsern auf. Er scheint es nicht zu merken, auch den Gestank nicht. Diese Wärme ist seine Haustemperatur. Er möchte es nicht kälter haben. »Eine andere Möglichkeit wäre, ihnen Juvenilhormon in Überdosis zu impfen«, sagt er. »Das kann man gewinnen. Dann würden sie sich nicht verpuppen.«

»Jeder Larve einzeln?«

»Ja, aber das ist teuer. Teurer als Iridium.«

»Das nennst du Grundlagenforschung.« Ich bleibe vor einem leeren Aquarium stehen. Der Anblick ist fast eine Erleichterung.

»Da kommen Fische rein«, sagt er. »Ich möchte Cichliden. Das sind die intelligentesten.« Er redet von Aequidens, Geophagus, Cichlasoma und Astronotus.

»Ja, sie sind die intelligentesten«, sage ich, »aber dafür ist dein Becken zu klein. Bleib bei Pfauenaugen oder Zwergskalaren.«

Wir könnten uns einmal verstehen, auch ich hatte Aquarien, aber seit ich kein festes Zuhause habe und nur noch vagabundiere, kann ich kein

Tier an mich binden, keine Pflanzen. Auch Bilder habe ich keine an der Wand, ab und zu Plakate, die wechseln. Er fragt, wo ich wohne, wenn ich in Prag bin.

»In der Nähe. Unter Drinopol, wenn du die Treppe von der Straßenbahn hinuntergehst. Aber ich bin hier selten.«

»Ich fahre normalerweise mit dem Bus«, sagt er. »Der hält vorn an der Ecke. Zur Straßenbahn unten gehe ich nicht, schon gar nicht wieder die Treppen hoch. Aber ich werde es mir merken.«

Ich bin von der Luft benommen, werde müde und seltsam passiv. Ich setze mich in einen unbequemen Sessel, auf einen verdreckten Lappen, eine Art Schoner. Er mir gegenüber, beobachtet mich.

Ich hatte früher immer den Eindruck, daß er in Hinsicht auf mich eine besondere Wachsamkeit entwickelt hatte, als wäre er ständig auf der Lauer und wartete, wann ich nicht aufpasse. Er rief in Abständen an und wollte sich mit mir treffen. In neunundneunzig Fällen hätte ich ihn ausgelacht, aber er traf fast immer das eine Prozent, wenn ich abgelenkt war oder in ungewöhnlich guter Stimmung, so daß ich den Einfall amüsant fand und kam. Während des Spaziergangs konnte ich ihn nicht ansehen, er war mir physisch widerwärtig, auch darin lag ein Reiz. Einen größeren Kontrast konnte es nicht geben; ich ging in Stepptanz- und Ballettkurse, und er konnte sich kaum bewegen. Aber er war in der Schule der Interessanteste.

Einmal sagte er mir, ich wünschte, du wärest in einem Rollstuhl, dann könntest du mir nicht davonlaufen, und ich würde dich schieben, wohin ich will.

Nach dem Abitur gingen diese seltsamen Treffen weiter, zweimal, dreimal pro Jahr, es war eigentlich die einzige Beziehung zu jemandem aus der alten Klasse. Meist Theaterbesuche, er wußte, daß ich damit am leichtesten zu überreden war. Es waren Stücke, die sonst ausverkauft waren, er hatte für die Karten stundenlang angestanden.

Einmal hatte er wirklich gewagt zu fragen, ob ich ihn heiraten würde. Ich war nach der Vorstellung in besonders gelöster Stimmung und lachte nur, fragte, wie er sich das vorstellte. Er erzählte. Er hatte eine so klare Vorstellung, daß es mir kalt über den Rücken lief. Irgendwann käme auch der Rollstuhl an die Reihe.

Er gab Annoncen auf und ging zu den Treffen. Ich fragte ihn danach, er erzählte es widerstrebend. Aus seinen Berichten begriff ich, daß es offensichtlich viele Frauen gab, die Angst hatten, allein zu bleiben, und daß er reelle Chancen hatte. Es waren nicht nur oder gar nicht behinderte Frauen, viele hatten studiert, die Männer dagegen – ohne Beine, ohne Zähne, blind, taub, arm, Säufer, krank, mit durchweg niedrigerer Bildung – konnten es sich aussuchen. Das System bewirkte, daß noch der bedürftigste Mann sich neben einer Frau bedeutend vorkam.

Er betrieb die Korrespondenz auf Drängen seiner Mutter, die Angst hatte, er würde nach ihrem Tod unversorgt bleiben. Er hatte einen aufgeblasenen Ton, wenn er von den Frauen sprach, meist ließ er sie warten.

Ich ließ ihn immer warten, eine halbe Stunde, eine dreiviertel Stunde, manchmal eine ganze. Dann rief ich bei ihm zu Hause an, ich wußte, er würde sich bei der Mutter telefonisch melden, sagen, daß er später kommt. Sie sollte ihm ausrichten, daß ich nicht kommen würde. So hatte mich die Mutter an der Strippe. Fräulein Lena, ich darf Sie doch so nennen, oder Leonora, das ist schön von Ihnen, daß Sie anrufen, auch, daß Sie mit unserem Radek ab und zu ausgehen, Sie wissen ja, er bewundert Sie so. Schade, daß Sie heute verhindert sind, aber vielleicht nächstes Mal?

Ich war der Schwarm der Mütter unverheirateter Söhne. Ich konnte sie betören. Die Söhne, die waren unwichtig, aber eine Mutter – meine war zu früh gestorben. Ich wollte an eine Mutter heran, nicht an den Sohn.

Wie geht es deiner Mutter, frage ich. Er sitzt mir gegenüber, aufgedunsen, schon stark ergraut, Brille, die gleiche Form seit dreißig Jahren, schwarzer eckiger Rahmen, nur die Gläser sind dicker; das Furunkel am Kinn ist zu einem verfärbten Wulst geworden, es ist eigentlich kaum schlimmer als früher; mit fünfzehn, sechzehn wurde er auf dem Schulkorridor von Eltern ehrfürchtig gegrüßt, sie hielten ihn für einen Lehrer. Er sah immer schon alt aus.

Er hat eine hohe piepsige Stimme und verschleimte Sprache; auch das Sprechen, die Bewegungen der Gesichtsmuskeln machten ihm Mühe, das ist geblieben.

Der Vater ist schon tot, die Mutter zur Zeit sehr krank, sonst kam sie immer, kochte ihm für die ganze Woche und machte sauber. Man merkt, daß sie hier schon lange nicht gewesen ist. Und dabei sieht er meine Stiefel an, als sollte ich sie ausziehen.

Ich frage nach seiner Arbeit. Seit der Promotion arbeitet er als Mikrobiologe in einem Pharmainstitut bei Prag; sein Spezialgebiet seit neuestem: Biochemie, aber auch allgemeine Chemie und Kernchemie, das mehr aus Privatinteresse. Präzipitat, Isomerenzen, Ligandenfeldtheorie, er läßt die Wörter fallen wie nebenbei, sicher, daß sie ihre Wirkung auf mich nicht verfehlen. Wir haben als die ersten in der Klasse promoviert, er als Biologe, ich in Literatur, Bohemistik/Germanistik: Über das *Lamento des »Ackermann aus Böhmen«* von Johannes von Saaz, verglichen mit einigen Motiven der »Kronika česká« des Václav Hájek von Libočany. Er weiß, daß mich Wörter süchtig machen können.

Selbst fragt er nichts. Dabei hätte er mein Bild in der Zeitung sehen können; bekannte »Landsmännin«, künstlerische Leiterin eines internationalen Tanzensembles, das zum zehnjährigen Jubiläum seines Bestehens zum ersten Mal in ihrer Geburtsstadt gastiert. Sie selbst, 1971 aus dem

Land gegangen, zehn Jahre Literaturdozentin an mehreren deutschen Universitäten, danach Gründung einer Tanzgruppe, Schwerpunkt Bearbeitung moderner Literaturvorlagen. Ihre Glanzrolle – die Titelpartie in Čapeks/Janáčeks »Die Sache Makropulos«, im eigenen Arrangement; besonderer Umstand – die Namensverwandtschaft mit der Gestalt, vielleicht ein künstlerisches Pseudonym: Leonora Marty.

Was die Zeitungen nicht wissen, daß die gefeierte Landsmännin nicht mit ihrem Ensemble weggefahren ist, sondern noch eine Woche in ihrer angemieteten Wohnung in Prag 6 verbringen wird, privat. Ich will die Stadt für mich allein haben.

Das interessiert meinen Mitschüler nicht, das letzte Mal, daß er im Theater war, war mit mir. Oder er traut sich nicht. Du hast dich gar nicht verändert, sagt er nur. Es klingt wie eine Anschuldigung.

Ich bleibe länger als ich vorhatte, ich wollte ihn nur überraschen und wieder gehen. Ich wollte seine Verwirrung sehen.

Er meint auch, meine Auftritte hätten etwas Überfallartiges. Am Anfang fragte er, ob er Tee kochen soll. Ich sagte, später. Dann vergißt er das oder fragt nicht mehr. Ich ließe ihn gern in seinem Küchenschrank nach einer sauberen Tasse kramen, Streichhölzer suchen. Jetzt rauche ich nicht einmal.

Wenn ich gehe, reiche ich ihm die Hand? Wahrscheinlich nicht.

Ich sehe sein Gesicht in der Nähe des meinen.

Das Licht im Flur ist so schwach, daß seine Züge weicher werden. Er streift mich mit der Schulter, ungeschickt, in dem engen Flur fast unausweichlich. Als er sich abstützen will, berührt er meine Brust. Er atmet schwer, seine Brille beschlägt, er nimmt sie ab und legt sie blind tastend in das verstaubte Regal.

»Was kriecht da eigentlich«, frage ich.

»Es sind Molche, *Triturus cristatus,* und Alpensalamander ... *Adelophagie*«, murmelt er.

Ich weiß nicht, was mich an dem Umstand, daß das erste befruchtete Ei, das erste Embryo alle nachfolgenden im Mutterleib auffrißt, aufregt. Vielleicht wirklich nur der Name. Außerdem sehe ich seine Augen, ohne die Gläser ungeschützt, groß, mit langen Wimpern. Ich sehe die Einsamkeit darin und eine zähe alte Verzweiflung. Er kommt näher. Ich knöpfe meine Bluse auf. Es ist kein Mitleid, ich bin aufgeregt. Er starrt mich an, wagt keine Bewegung. Ich neige mich leicht nach vorn. Er streckt erschrocken die Hand aus und berührt meine Haut, immer darauf gefaßt, daß ich ihn auslache. Ich bewege mich nicht. Er faßt mit der anderen Hand zu, heftiger. Langsam, blind beugt er sich zu meinem Busen und berührt mit dem Mund meine Brustwarze, saugt sich fest. Ich spüre seine Zähne und zucke zusammen, er hält mich jetzt aber fest. Mit beiden Armen umschlingt er meine Hüften, mit einer schrecklichen, unerwarteten Kraft zieht mich zu Boden. Ich zerre, versuche loszukommen, er keucht und läßt nicht los, stöhnt, dann packt er mich an den Schultern und vergräbt sein Gesicht an meinem Hals, stößt sabbernd jaulende Schluchzer aus, zittert. Ich stoße ihn weg, ziehe meinen Mantel zu und drehe mich zum Ausgang. »Wann kommst du wieder?«, er atmet schwer. »Gar nicht!« Ich kann die Tür nicht aufmachen, etwas klemmt. Er sucht umständlich seine Brille, dann löst er einen Haken – wovor kann er noch Angst haben? Er kommt mit vor die Tür. Ich bin wegen seiner Langsamkeit wütend, wünsche, sie würde zufallen, dann müßte er irgendwo klingeln, bei der Hausmeisterin, aber so einsiedlerisch wie er lebt, hat er keinen Schlüssel im Haus deponiert.

Er streckt die Hand aus, in der wahnsinnigen Hoffnung, daß er mich noch einmal berühren kann. Ich lache und drehe mich um. Er steht in der Tür, ruft etwas, es klingt wie eine Verwünschung. Jetzt habe ich ihn für die nächsten zwanzig Jahre sicher. Ich laufe schaudernd, erheitert die Treppe hinunter, die Erheiterung hält nur kurz an, draußen überwiegt der Ekel. Ich kenne mich, das Gefühl, daß ich mir schnell die Hand waschen muß, bevor ich etwas neu anfasse, etwas anfange. Mein Körper reagiert auf meine Eskapaden und Begegnungen unbestechlich. Mir ist schon lange vom Magen her schlecht, noch bevor die anderen merken, daß jemand ein Spitzel ist, ein Schwein. Oder nur physisch schauderhaft.

Nach den meisten Menschen muß ich mir die Hand sofort waschen.

In der Nacht habe ich einen Traum: N. holt zwei Weingläser aus dem Schrank und eine Flasche, die er niemals im Haushalt haben kann. Die Gläser stehen auf dem Kopf und hinterlassen dunkle Kreise auf dem verstaubten Brett.

In dem Glas, das er mir reicht, klebt Schmutz, ein Kokon, aus dem bei der Umdrehung ein großer Nachtfalter schlüpft. Noch feucht, verklebt, flattert er heraus, verwirrt, geblendet fliegt er mir ins Auge, streift meine Wange, verfängt sich in meinem Haar und hinterläßt an meinem Nacken Staub von seinen Flügeln. Die bemehlte Stelle fängt an zu brennen, kleine Punkte, die sich blutig öffnen, die Haut ist wund, gerötet, es bluten immer mehr Punkte, wo ein Staubkorn hinfiel von diesem Zuchtmutanten. Der Biochemiker sieht mit Interesse zu, mein unbeweglicher Mitschüler, der mich im Rollstuhl haben will. Die Schulter ist fühllos, die Lähmung geht über den Nacken, über die Schultern, im rechten Arm bleibt sie als Dauerschmerz, ich wache auf.

Die Stelle am Nacken, wo ich vor sechs Jahren in der Bucht von Biskaya von einer Schleiermeduse, einer portugiesischen Galeere, versengt wurde, brennt. Die Lähmung ging über die Schulter in den Arm, ich konnte den Kopf nicht drehen, den Arm nicht bewegen. Ich hatte Mühe, das Ufer zu erreichen, die See war stürmisch an dem Tag. Es gab ein Badeverbot, aber als Binnenländerin übersah ich alle Warnsignale, alle Flaggen. Die Stelle, an die er sein nasses Gesicht gepreßt hatte.

Ich starre auf das Plakat an der Wand vor mir. Eine Frau, die in hohem Bogen über die Bühne springt, die Türme der Stadt im Hintergrund. Sie nimmt die ganze Fläche ein, durch ihre Bewegungen verändert sie den Raum und die Zeit. Eine Furie, in wehenden Kleidern, mit einem Gesicht, das dreihundert Jahre alt sein kann oder dreißig. Emilia oder Leonora Marty.

Diese Frau bin ich.

2.

Es wird kälter. Die Heizung in der Wohnung funktioniert nicht, ich heize mit einem kleinen Radiator, der die Temperatur im Zimmer gerade erträglich hält, der Flur und das Bad bleiben ungeheizt. Draußen sind es minus zwölf Grad. Ich verfalle in Apathie, möchte arbeiten, aber meine Notizen sind verschwunden, auch der Block mit den Zeichnungen.

Die Skizze zu »Viktorka« war fast fertig. Viktorka, die verwirrte blasse Viktorka aus der »Großmutter« von Božena Němcová. Ich überlege, wer sie tanzen könnte. Jana, Laura?

Die Geschichte von Viktorka hat mich schon als Kind angerührt. Die schöne Bauerntochter, die alle Freier ablehnte; nur die besten Tänzer bei der Sonntagsmusik fanden ihre Gunst. Bis die Jäger ins Dorf kamen und einer vom Regiment ihr nachzustellen begann, der »schwarze Soldat«. Sie verlor alle Freude am Tanz, ging kaum noch aus dem Haus, fürchtete sich allein, überall spürte sie seine dunklen Augen, die sie auf Schritt und Tritt verfolgten. Sie mochte nicht länger im Dorf bleiben, und eine auswärtige Hochzeit wurde eilig ausgehandelt, nur damit sie weg von dem Soldaten und seinen unheimlichen Blicken kam. Auch wenn einige im Dorf murrten, ein Einheimischer wäre ihr wohl nicht gut genug, ließ sich alles gut an. Die Hochzeitsvorbereitungen waren im vollen Gange, Viktorka war zuversichtlich. Einmal traute sie sich allein in die Luzerne zur Mahd. Sie ging leicht, unbeschwert hin, und zurück brachte man sie blaß, verletzt, die Wunde am Fuß mit einem feinen Tuch verbunden, und ihr Skapulier, das ihr die Dorfschmiedin zum Schutz gegen den bösen Blick gegeben hatte, war fort, sie hatte es dem Soldaten gegeben. Er hatte sie draußen auf dem Feld verarztet, als sie auf einen Dorn getreten war, und ihr seine Liebe offenbart. Von da an war Viktorka wie verhext, kränkelte, sprach nicht, die Hochzeit wurde immer wieder verschoben, der Bräutigam weiter vertröstet, aber bald glaubten die Eltern selbst nicht mehr, daß daraus noch etwas würde. Die Jäger zogen endlich aus dem Dorf ab, und ein paar Tage später verschwand auch Viktorka, sie folgte dem schwarzen Soldaten. Der Vater ging sie suchen, kam aber ohne sie zurück, keiner konnte ihm Auskunft geben.

Viktorka blieb verschwunden. Ein Jahr später sah der Förster eine weibliche Gestalt in den Wäldern, verwahrlost, verwildert, mit langem schwarzem Haar, barfuß, mit gewölbtem Leib. Kurz danach, in einer mondhellen Nacht, sah er sie zum Wehr hinunterlaufen und ein Bündel ins Wasser werfen, hinterher ertönte ihr wildes Lachen. Von da an sang Viktorka nacht für nacht am Wehr dem toten Kind ein Wiegenlied. Tagsüber lebte sie versteckt, ihre Schlafstätte war eine zugewachsene Felshöhle. Ein Haus zu betreten konnte man sie nicht bewegen, weder der Förster noch die Familie. Wenn Hunger sie zwang, kam sie vor die Tür, wartete, und ging dann mit einem Stück Brot wieder fort. Als ihr Vater im Sterben lag, kam sie, ließ sich in die Stube führen. Ein Himmelschlüssel in der Hand, spielte sie mit der Blume, wie abwesend. Er wollte die Hand zu ihr heben, sie gab ihm verwirrt den Himmelschlüssel. Die Mutter fing an zu weinen. Als Viktorka so viele Stimmen hörte, sah sie wild um sich und war aus der Tür. Jahre später wurde sie in einem Gewitter vom Blitz erschlagen. In der Försterei hatte man sie aufgebahrt, den Kopf auf ein Moospolster gebettet, die Haare gekämmt, um die Stirn ein Kranz aus Pechnelken. Das wilde Zucken im Gesicht hatte aufgehört, die unruhigen Augen waren geschlossen, nur um den Mund blieb ein bitteres Lächeln. So sahen sie die Kinder mit der Großmutter, als sie sich von ihr verabschiedeten, die älteste unter ihnen Barunka, Božena Němcová.

Für diesen Stoff brauche ich Janáček. Seltsam, daß er die Geschichte der Viktorka nie bearbeitet hat. Er hatte »Maryčka Magdónova« und »Kantor Halfar« aus den »Schlesischen Liedern« von Petr Bezruč vertont, und »Das Tagebuch eines Verschollenen« hat eine ähnliche Thematik, wenn auch nicht so tragisch. Lauter mährische Themen, »Die Großmutter« spielt in der Gebirgslandschaft Nordböhmens.

Die Musik zu »Viktorka« gibt es. Fibich, Suk?

Aber ich denke an Janáček. Die »Sinfonietta« hat Partien, wie für den Stoff geschaffen, der Ansatz des Andante oder das Allegretto, aber auch in »Taras Bulba« oder in »Jenůfa« finden sich entsprechende Passagen. Ich stelle mir Jiří Kyliáns Inszenierung mit dem niederländischen *dans theater* vor, gewidmet seiner mährischen Großmutter. Seine »Sinfonietta« läßt sich nicht überbieten, wie auch nicht sein »L'enfant et les sortilèges«. Er hatte ein Corps, bei mir würde Viktorka solo tanzen, und der schwarze Soldat und der Bräutigam. Am Rande die Dorfbewohner, vielleicht sogar die Großmutter. – Ein Ballett »Die Großmutter« zu nennen. Ich werde allenfalls die Fürstin darstellen, marginal, statisch. Ich höre die Musik im Kopf, notiere die Figuren dazu, die Bewegungen. Janáček hat die gleiche Dramatik, die gleiche Spannung.

Ich habe die Mappe im Hotel liegen lassen, als wir auszogen. Ich könnte anrufen, dazu müßte ich die Nummer finden und ein Telefon, die Wohnung hat keinen Anschluß. Sämtliche Telefonzellen in der Umgebung sind demoliert oder schlucken lediglich die aufgesparten Münzen, ohne zu funktionieren. Eine vertraute Fatalität, die dazu verführt, eine heile unbesetzte Zelle sofort zu betreten und wahllos zu telefonieren, auch wenn man gerade niemandem etwas mitzuteilen hat. Dadurch sind die meisten Zellen in den Straßen dauerhaft besetzt.

Wenn ich in dieser Stadt etwas zu erledigen

habe, bin ich im voraus angespannt, gereizt und ungeduldig, vom Anfang an überzeugt, daß es nicht klappen würde. Besorgungen werden hinausgeschoben, Behördengänge verschleppt, mitunter bis eine Behörde eingegangen ist. Wenn ich von der Stadt nichts will, komme ich mit ihr am besten klar, stoße auf Ecken und Gebäude, die ich nur aus Büchern kannte und für verloren hielt oder in der Realität für gar nicht auffindbar. Ich überlasse mich dem unwirklichen Gefühl, in dieser Stadt zu sein. Es gibt Orte, die mich sofort ansprechen: italienische Städte, New York. In Prag kommt dazu das Gefühl einer besonderen Auszeichnung. Als hätte ich in einem früheren Leben etwas Wichtiges oder Großes getan, daß ich in dieser Stadt geboren wurde und in ihr leben durfte. Dabei ist die Luft kaum zu atmen und die Siedlungen am Horizont von solcher Brutalität, als wären die verantwortlichen Städteplaner alle Kretins oder Schwerverbrecher. Die Neubauten in Ostberlin, in den Vororten von Salerno, von Paris sind keine Spur besser, um diese Städte habe ich aber nicht solche Angst.

Es überläuft mich ein Schütteln, ich überlege, daß ich schwimmen gehen könnte, um mich aufzuwärmen. Ich koche Tee, esse einen halben Joghurt – in der letzten Zeit sind die Geschäfte voll westlicher Waren, sogar von Milchprodukten, die alle nach Bindemitteln schmecken und dabei teurer sind als die einheimischen; um einen tschechischen Joghurt zu bekommen, muß man früh aufstehen, das gilt auch von der Zeitung und von ein paar anderen Selbstverständlichkeiten mehr. Was machen die Rentner bei den galoppierenden Preisen? Die Kriminalität müßte unter den Sechzigjährigen steigen; statt dessen sind es die vielen »Unternehmer« unter dreißig, ehemalige Kellner, die sich als Schläger, Spitzel und Wechsler bei der Polizei angedient hatten und jetzt aufgrund ihrer früheren Rührigkeit die Kneipen aufgekauft haben. In einem verballhornten Englisch und Deutsch preisen sie ihre »altböhmische« Küche an, Knödel aus Instantbeuteln, »Reisesalat auf vegetarianisch«, die leeren Tische mit den schmuddeligen Zetteln »Reserviert« von früher warten auf Devisentouristen, wie in alten sozialistischen Zeiten. Tschechisch sprechende Gäste werden kaum hereingelassen, oft erst nach dikkem Schmiergeld, und die Bedienung bleibt auch dann rüde und langsam. Ein Essen können sich ohnehin nur Emigranten leisten. Im *koscher*-Restaurant in der Altstadt nimmt der neue Besitzer, ein Slowake – es könnte genauso ein Tscheche sein –, von einem ehemaligen Widerstandskämpfer wie von einem amerikanischen Touristen die gleichen Preise und meint, in Amerika würde man ihm unter zwanzig Dollar nicht einmal ein Gedeck servieren. Eine Klondike-Mentalität greift um sich, die Passagen im Zentrum, wo früher Kinos waren, sind voll von eingeschlepptem Plunder, Massenware aus Hongkong und Taiwan, künstlich zerfetzte Hosen mit Flicken, Nieten,

Löchern, Jacken und Trikots mit schrillen Aufschriften, dazu Musik, voll aufgedreht, an jedem Stand eine andere. Plastikflut. Die teuersten Plätze hat sich die russische Mafia gesichert und verkauft ihre *Matrjoški*, die schwangeren Puppen, die neuerdings Politikervisagen gebären, ihre schweren Uhren und Militärmützen an Westtouristen, die keine Ahnung haben und sich nachträglich vor der roten Gefahr gruseln möchten.

Ich suche meine Badesachen zusammen. Ich könnte über den Hradschin laufen, zu Klárov hinunter, über die Brücke, und dann mit der Siebzehn nach Podolí zum Schwimmbad fahren.

Da ich vorher im Hotel nachfragen will, nehme ich die Metro. Das Hotel liegt oberhalb der Nusle-Brücke auf Trasse C, es gibt von dort einen weiten Blick über die Stadt. In der Rezeption kann man sich noch erinnern. Da ich tschechisch sprach, wollten sie mich in ein Hinterzimmer stecken; mein Wutausbruch hat einige Verwirrung ausgelöst. Ich komme nach langen Jahren und möchte die Stadt sehen, sagte ich, nicht den Schutthaufen auf der Rückseite des Hotels, mit Blick auf Siedlungen, die früher nicht da waren und für mich auch nicht zur Stadt gehören. Das ungewöhnliche Wort *rumiště* für Schutthaufen muß dem Portier Eindruck gemacht haben, es ist eine Art erlesener Schutthaufen. Ich bekam dann die *king suite*. Vielleicht war es auch mein Gesichtsausdruck.

Die *king suite* hatte zwei geräumige Zimmer

mit zwei Bädern, das Wichtigste war der Blick. Wegen der Aussicht lud ich alle Bekannten und ehemaligen Kommilitoninnen ein, die zu unserer Veranstaltung gekommen waren; sie rümpften die Nasen: das Hotel, ein Betonklotz aus den siebziger Jahren, interessierte die Pragerinnen nicht, ich konnte sie nur mit dem Blick locken. Einladung zur Betrachtung der eigenen Stadt.

Am nächsten Tag sah ich von der anderen Seite aus, aus den Fenstern der Prager Burg, auf die Stadt. Die Sicht vom Hotel aus war schöner, da war das Hotel nicht zu sehen, vor allem auch der Fernsehturm nicht. Wir machten kein Licht, es leuchtete uns der Hradschin, wie ein Schiff, bis Mitternacht. Lauter Frauen. Je dunkler es wurde, desto behaglicher. Ab und zu stand eine auf, ging ins Bad oder sah aus den Fenstern, streifte durch die Räume, man sah nur noch Schatten, hörte Stimmen, die Gruppen wechselten, wir saßen auf dem Boden und redeten ununterbrochen, es gab viel nachzuholen. Als der Kellner Kaffee brachte, ließen wir ihn gar nicht herein, er stellte das Tablett auf der Schwelle ab. Die tschechischen Frauen fehlen mir.

Dafür behalte ich diesen Klotz in dankbarer Erinnerung. Auch das Frühstück, Karpfen auf Butter gebraten, heiß gehalten unter Deckeln in Silberschüsseln. Von unserer Tanzgruppe hat es nur einer probiert, und die süßen Gerichte waren für die anderen ohnehin eine Zumutung. Sie sahen verwundert zu, wie ich mich vor ihren

Augen verwandelte; ich langte so gierig zu, als hätte ich jahrelang Hunger gehabt.

Meine Notizen sind nicht da, sie wurden gefunden und jemandem aus der Gruppe ausgehändigt, also längst aus dem Land. Der Rezeptionschef ist beflissen, bedauert in drei Sprachen, auch tschechisch. Ich sehe einen Fernsprecher im Vestibül, telefoniere kurz, die Münze bleibt hängen und fällt nicht in die Gurgel. Ein Automat, der nicht nur nicht stiehlt, sondern das Geld noch zurückgibt. Ich könnte noch jemanden anrufen, weiß aber im Moment nicht, wen. Ich gehe. Die große selbsttätige Drehtür hat eine Blumendekoration in der Mitte; das gab es früher nicht. Das Erste, was mir im Westen auffiel: die Blumenläden. Die Vorzüge des Westens – Blumen und Kopiergeräte.

Ich gehe über die Brücke, am neuen »Kulturpalast« vorbei zu Vyšehrad. Der Kulturpalast ist im gleichen Geist gebaut wie das Hotel, nur etwas niedriger, man sieht ihn im Panorama der Stadt nicht so deutlich. Ursprünglich hat man uns angeboten, hier aufzutreten. Wenn ich *draußen* etwas gelernt habe: sofort zurückzuschlagen. Ein mentales Karate. Das Smetana-Theater war dann passender; dort habe ich schon als Kind Ballettvorstellungen gesehen. Das Smetana-Theater neben dem Hauptbahnhof hieß ursprünglich Neues Deutsches Theater – eine Antwort auf das tschechische Nationaltheater, das kurz vor seiner Eröffnung 1881 abgebrannt war; kaum zwei Jahre später wurde es wieder eröffnet, mit Hilfe des ganzen Landes, aller Gemeinden und Städte. Das Nationaltheater war wiederum eine Antwort auf das deutsche Ständetheater, in dem zum ersten Mal »Don Giovanni« gespielt wurde. Die Geschichte der Stadt ist eine Geschichte der gegenseitigen Antworten zwischen Tschechen und Deutschen, ohne daß eine Seite jemals gefragt hätte.

Vyšehrad. Hier stand einst der Palast der böhmischen Könige und Königinnen, im 15. Jahrhundert von den Hussiten zerstört. Hier haben einmal die Tschechen Tschechen nicht gefragt.

Noch hundert Jahre zuvor, unter Karl IV., ging von da der Krönungszug über die Neustadt, die Altstadt und die Kleinseite zur Burg hinauf, auf dem Königsweg. Man sieht nur noch die barocken Befestigungsanlagen, Backsteinmauerwerk; der älteste Teil, eine Rotunde, wurde zeitweilig als Pulvermagazin benutzt.

Ich gehe zum Friedhof. Hier liegen Smetana und Dvořák, Purkyně, Mácha, Neruda und Čapek, Němcová – woher im Dezember Himmelschlüssel nehmen? Der Ehrenfriedhof ist leer, die nationale Vergangenheit interessiert niemanden. Touristen kennen die Namen kaum.

Draußen in den Parkanlagen füttern Rentner Spatzen, ein Kindergarten geht am Schnürchen, Libuše prophezeit von ihrem Sockel den Ruhm der Stadt. Vom Horymír-Felsen sehe ich unter mir die Moldau mit der Eisenbahnbrücke, hier soll der gefangene Horymír seiner Hinrichtung entkommen sein, indem er mit seinem Pferd vom Felsen sprang. Nuže Šemíku, vzhůru! Also, Šemík, hoch! Das meiste an Vyšehrad ist Legende, Sage. Das Überzeugendste ist die Stille. Wind kommt auf.

Ich gehe zurück zur Nusle-Brücke. Man hat an ihr neun Jahre lang gebaut, 1974 wurde sie nach einer Belastungsprobe, bei der man Panzer einsetzte, freigegeben. Oben ist eine sechsspurige Fahrbahn, die Nord-Süd-Magistrale, die Prag 2, Vinohrady, mit Prag 4, Pankrác, verbindet; darunter fährt durch den Brückenkörper die Metro. Die Brücke ist knapp einen halben Kilometer lang, vierzig Meter über der Senke von Nusle. Ich sehe unter mir die Straßen und die Hinterhöfe, verstellt mit Anbauten, die als provisorische Unterkünfte geplant waren und geblieben sind. Es zieht hier, der Blick nach unten macht schwindlig. Ich nehme die Schwingungen wahr, wenn Autos vorbeifahren. An dem rostigen Geländer steht mit weißer Farbe: »Gott liebt keine Selbstmörder« und »Bedenke, daß du nicht allein bist«.

Vor längerem brachte das Abendblatt »Večerní Praha«, »Prag abends«, einen Bericht über die Nusle-Brücke: »Traurige Statistik aus aktuellem Anlaß: Bis 13 Uhr am 25.7.1990 beendeten durch den Sprung von dieser Brücke 152 Personen ihr Leben, und das sowohl in dem Teil, der zu Prag 2 gehört, als auch in dem, der zu uns gehört, wie die Polizei von Prag 4 bekannt gab (Hut ab, Prag 4!; Prag 2 hat Schweigen bewahrt). Es waren 102

Männer und 50 Frauen. Im Jahre 1974 sprang nur ein Selbstmörder, die meisten im Jahre 1986 – siebzehn Fälle. Die größere Zahl, fast zwei Drittel der Selbstmörder, wählte die Brückenhälfte, die über dem Gebiet von Prag 2 liegt. Was die Motive betrifft, so waren es in 92 Fällen gesundheitliche oder psychische Schwierigkeiten, Arbeitsprobleme haben 12 Springer gelöst. Gefühlsgründe hatten neun Selbstmörder gehabt, familiäre acht, in fünf Fällen haben unheilbare Trinker ihren Lebensweg beendet. In 26 Fällen konnte der Grund für den Selbstmord nicht ermittelt werden.«

Ich sehe mich um. Es sind keine Fußgänger da, nur ein Mann mit einer Aktentasche auf der anderen Straßenseite, über der Tankstelle, wo die meisten über Prag 2 abspringen; der Pächter hat bereits gewechselt. Springt man überhaupt mit einer Aktentasche oder läßt man sie liegen? Und wieso über einer Tankstelle? Er ist schon abgebogen, Richtung Vinohrady. Ich sehe hinunter auf das Pflaster von Nusle. Häßlichkeit kann auch ein Grund sein. Hundertzweiundfünfzig. Jetzt, Ende 1992, dürfte die Zahl hundertsiebzig erreicht sein, zumal bei der sich rapide verschlechternden Lage alter Menschen. Unter den unermittelten Fällen müßten auch die Rentner erfaßt sein, die von Jugendlichen, die sich langweilen, hinabgestürzt wurden.

Die Gründe sind geblieben, nur die Aufschriften sind neu. Früher, als die Brücke noch Klement-Gottwald-Brücke hieß, hat man nicht mit

Gott argumentiert. Vielleicht haben hier statt dessen Polizisten patrouilliert. Heute fehlen sie auch in der Stadt, wenn man sie braucht.

Ich biege nach links ab, Richtung Albertov, am Oktogon der Karlskirche vorbei, die Karl IV. nach der Grabkirche von Karl dem Großen in Aachen bauen ließ. Zu ihr gehört ein ehemaliges Benediktiner-Kloster, in dem sich ein Teil des Staatsarchivs befindet, und in der anderen Hälfte das Museum der Polizei. Ich friere, es ist offen.

Eine Schulklasse geht gerade hinaus, aufgeregt, die Kinder lachen. Keine Hinweise auf die Toten von der Brücke, nur ein Selbstmörder, der sich mit einer selbstkonstruierten Guillotine exekutiert hat, wird in einer Sonderausstellung über »Ungewöhnliche kriminalistische Fälle« gezeigt. Ein Bastler: das Gerät wird ausführlich beschrieben, mit allen technischen Daten; jahrelang hatte er damit Brennholz gespleißt. Im Gästebuch anerkennende Eintragungen. Das Museum ist leer. Die Frau an der Kasse ist erfreut, daß noch jemand gekommen ist. Bitte tragen Sie sich ein, sagt sie. Wir brauchen fünfzehn Besucher pro Tag, die Lehrer kommen ungern mit den Schülern, sonst wird hier geschlossen.

Die Benediktiner melden sich wohl zurück. Inzwischen wird sogar die Kathedrale auf dem Hradschin von der Kirche beansprucht. Ich habe noch gelernt, daß sie Nationales Kulturgut ist. Ich trage mich doppelt ein, mit unterschiedlichen Namen und Adressen; nur die runde retrograde

Schrift bei der zweiten Adresse ist eine Täuschung.

Schon das frühere Museum der Nationalen Staatssicherheit wurde selten besucht. Sporadisch von Schulklassen, freiwillig kam niemand, außer ein paar verirrten Touristen. Das angeborene Mißtrauen der Bevölkerung zur Polizei, unter jedem Regime. Dabei war das SNB-Museum spannend: Bei Agenten, Spionen und Diversanten beschlagnahmte Waffen starrten von der Wand, mit bedrohlich auf den Betrachter gerichteten Läufen. 444 Stück allein aus dem Jahre 1952; im ersten Raum, die Periode 1918–1945, die Karabiner der Gendarmerie und drei schwere Maschinengewehre: Masaryk ließ auf die Arbeiter schießen, war ein geflügeltes Wort der Kommunisten, die selbst jeden Streik unterdrückt hatten. Im Saal des »Kampfesruhms« Standarten des Grenzschutzes, im weiteren Raum die Legende zum »Sieg der werktätigen Bevölkerung im Februar 1948«; in dessen Folge sprunghaft angestiegene Truppenzahlen des Innenministeriums und des Korps der Nationalen Sicherheit. Die Volksmilizen, die den Putsch durchgeführt haben, die »Kampffaust der Arbeiterklasse«, wurden bis in die achtziger Jahre weiter ausgerüstet; auch mit Raketen. Ein Saal, gewidmet dem IX. Parteitag der Kommunistischen Partei der Tschechoslowakei, daneben einer über die internationale Zusammenarbeit der Sicherheitskorps der sozialistischen Länder, mit Kopien entsprechender Dokumente, Unterschriften, Fotografien – Beweisstücke. Der Name KGB nirgends verwendet. Beeindruckend die beschlagnahmte Druckerei zur Fälschung tschechoslowakischer Banknoten; bei dieser Währung reine Verschwendung von Talent und Idealismus. In einer Vitrine ein noch unbenutzter Taucheranzug, 1980 einem Republikflüchtling vom Leibe gezogen. Eine Ausstellung von Kunstwerken, der Nationalen Sicherheit vom Tschechischen und Slowakischen Fonds der bildenden Künste gewidmet; lauter bekannte Namen. Der Höhepunkt: der erfolgreiche Schäferhund, Helfer des Grenzschutzes, der eine Rekordzahl von Diversanten und Spionen gestellt hat, ausgestopft auf einem Podest.

Die Besucher mußten Pantoffeln aus Filz und grünem Militärtuch überziehen und sich würdevoll verhalten. Von meinen Bekannten konnte ich niemanden bewegen, es sich anzusehen.

Dagegen ist das Konzept des neuen Polizei-Museums harmlos. Das einzige Interessante ist der Geleitbrief eines Adligen aus dem achtzehnten Jahrhundert, ein Reisedokument. Außer genauen Körpermaßen und Alter konnte man an bestimmten Schriftschnörkeln, abweichenden Buchstaben, Papierbeschaffenheit und Ornamenten feststellen, daß es sich um einen französischen Diplomaten handelte, mit Vorliebe für Pflanzen? und Alkohol, kränklich, zur Zeit unglücklich verliebt, schwermütig, in finanziell gesicherten Verhältnissen, Raucher. Das System der Geheimzeichen war offensichtlich der Polizei in allen europäischen Ländern bekannt.

Die neuere Geschichte ist weniger elegant, die übernommenen Exponate sind bei weitem nicht so spannend wie vor 1989. Keine Hetze mehr, keine Diversanten, die Läufe sind von den Wänden verschwunden. Statt dessen Verkehrsregelspiele für Kinder. Eine große zweigeteilte Karte aus Sperrholz mit verschiedenfarbigen Lämpchen je nach Bedeutung der Polizeistationen auf dem gesamten Gebiet der Republik; die Slowakei bereits abnehmbar.

Am Ende ein einziges Bild. Der 17. November 1989: auf der einen Seite die Polizei, auf der anderen Studenten; die Jugendlichen reichen den vermummten Polizisten, hinter Plexiglasschilden mit erhobenen Knüppeln, Blumen. Kein Kommentar.

Ich gehe. Inzwischen ist es dämmrig geworden, es schneit. Die Karlskirche ist offen, der Innenraum ist dunkel, nur das achteckige Sterngewölbe glitzert schwach im Widerschein der Lichter von draußen. In der Bethlehemskapelle neben dem Altar ist eine Krippe aufgestellt, spärlich mit Kerzen beleuchtet, wie jetzt um Weihnachten überall in den Kirchen; einer der drei Könige liegt im Heu, die Esel und Schafe im Stall sind neu geschnitzt. In der dunklen Ecke vor einem Nebenaltar murmelt kniend eine alte Frau, sieht kurz auf, wartet, ob ich mich bekreuzige. Ich lasse sie allein. Draußen hat der Schneefall zugenommen.

Ich gehe am St. Apollinarius vorbei, wohin Alkoholiker zur Ausnüchterung gebracht werden, am Lustschloß »Amerika« daneben, mit dem Museum von Antonín Dvořák. Das Tor in dem geschwungenen Gitter ist geschlossen, ich möchte mir jetzt auch keine Noten ansehen.

Ich merke, daß ich mich anders bewege als die Passanten um mich herum. Sie gehen schneller, mit Einkaufstaschen, vermummt, haben es eilig, von der Arbeit nach Hause zu kommen. Ein kurzer brennender Neid, wie jedesmal, wenn ich hier bin. Ich weiß, daß hinter den erleuchteten Fenstern keine Idylle herrscht, lasse mich aber immer wieder einfangen von der Normalität, von den Alltagssorgen, die ich nicht teile. Wenn ich meine Bekannten treffe, beneiden wir uns gegenseitig, sie mich wegen meiner Freiheit, ich sie wegen ihrer Gebundenheit.

Am Kai nehme ich die Straßenbahn, die Siebzehn kommt gerade.

Das Schwimmstadion hat wie früher bis zehn Uhr abends geöffnet. »Sie waren aber schon lange nicht mehr da, Fräulein«, sagt die Garderobenfrau, als sie mir den Schlüssel zum Umkleideschrank reicht. Ich habe sie auch erkannt; vor Jahren war ich hier jeden Tag. Die andere ist neu. »Oder soll ich wohl schon junge Frau sagen?« »Wie Sie wollen«, ich lache.

Die Garderobenschränke sind schmaler als früher, es passen fast doppelt so viele herein. Ich gehe in die Duschen, stehe wie immer sehr lange unter dem Strahl, lasse mir das Wasser über den Kopf laufen, langsam werde ich warm. Dann in den Bottich mit kaltem Wasser, es kostet Überwindung. Danach in die Außenbassins. In das Hallenbad gehe ich erst gar nicht, zu warm, zu chloriert, zu voll. Im kleineren Becken draußen wird Wasserpolo gespielt, das andere ist fast leer, nur drei Bahnen besetzt. Ich tauche ein, es ist immer die gleiche Freude: die Rückkehr in das Urelement. Ich schwimme ein paar Runden und lege mich auf den Rücken. Über mir Sterne, kaum zu sehen. Beteigeuze. Es schneit mir in die Augen. Vom Himmel lösen sich ununterbrochen Flocken, sie tauen auf meinem Gesicht, ich schmecke sie auf den Lippen, kühl.

Mit ausgebleichten Augen klettere ich nach einer halben Stunde heraus, rutsche auf den nassen Fliesen, auf dem Rasen bleibt der Schnee bereits liegen. Ich gehe kurz in die Halle, das große Bassin leert sich, die Letzten schwimmen jetzt ungehindert, auf den Stufen sitzen ein paar junge Männer, vor ihnen eine Gruppe Mädchen, die sich nach ihnen umdrehen und kichern. Ich wollte es nur wieder sehen.

»Das ist doch die Nora!« Der Bademeister, in weißer Hose und weißem Hemd, kommt auf mich zu. Ich erkenne ihn nicht gleich. Ja, in der Schule Lena und Lea, für die anderen Nora. Der offizielle Name Leonora blieb mir erspart, erst später hörte er auf, mich zu befremden. Er hat einen

Bauch, graues Haar, wirkt gemütlich. »Du warst eine Ewigkeit nicht da!« Ich denke, er müßte an meinem Gesicht sehen, wie lange ich nicht mehr da war, er sieht aber auf meine Gestalt, wie hier üblich. Vielleicht habe ich noch den alten Badeanzug an, den ich Abend für Abend trug, ich erinnere mich nicht, wann ich mir einen neuen gekauft habe. Ich sehe ihn mit der Stange die Anfänger über Wasser halten. Wir haben miteinander eigentlich nie gesprochen, uns später nur zugenickt. Jetzt erzählt er mir, daß er nächste Woche mit den Enkelkindern zum Skifahren will und hofft, daß der Schnee hält.

Ich gehe die glitschigen Treppen hinunter in die Duschen, zuerst in den Dampf. Die Sauna ist schon geschlossen, der Dampf gehört zum Badebetrieb. Heute ist es besonders heiß. Ich quetsche mich auf die Bank, sehe die anderen kaum. Es sticht in die Nase, jede Bewegung brennt auf der Haut. Als es leerer wird, strecke ich mich auf dem Handtuch, dabei berühre ich Frauen neben mir, ich spüre, daß sie viel mehr schwitzen als ich. Als wäre bei mir alles verlangsamt, der Stoffwechsel, die ganze Entwicklung. Es tropft von der Decke, aus einer Röhre entweicht zischend Dampf, die kleinen Stalaktiten gab es schon vor zwanzig Jahren, inzwischen wurden sie wohl abgeschlagen. Ich schließe die Augen. Nach einiger Zeit spüre ich, wie mich jemand an der Schulter berührt. »Entschuldigen Sie, aber Sie sind hier schon ziemlich lange.« Ich sehe auf. Eine Frau, jünger als ich, mütterlich, beugt sich über mich. Die Narbe an ihrem Bauch ist direkt vor meinem Gesicht. Ich gehorche. Danke, ich stehe auf. Es wird mir schwindlig. Ich reiße die Tür auf, torkle zum Bottich, es schauert mir vor dem eisigen Wasser, aber als ich dann auftauche, bin ich wieder in Ordnung. Ich spritze mich noch mit dem Schlauch ab und gehe in die Umkleideräume. Vor der Spiegelwand stehen Frauen unter Röhren mit blasender warmer Luft und trocknen sich das Haar. Ich sehe die Körper. Sie vergleichen sich, mit Humor, ohne Neid. Es gibt einige schlanke darunter, sportlich, meist unter zwanzig. Dann fangen die Bäuche und die Schenkel an. Die Gesichter nach dem nächtlichen Schwimmen im Schneegestöber sind geglättet, aufgelöst, freundlich. Auch in den Duschen – Shampoo, Seife zu leihen ist selbstverständlich. Frauen unter sich, ihre Hilfsbereitschaft. Sie gefallen mir alle. »So schlank möchte ich auch sein«, sagt eine und sieht mich an. Ich freue mich. Der Tag war nicht umsonst.

Keine allzu große Verzweiflung, keine allzu große Leere.

3.

Vom Sommer Stapel liegengelassener Zeitungen.

In der Schweiz haben Frösche ein Museum. In Estavayer-le-Lac im Kanton Fribourg gibt es eine Sammlung, die ihre Entstehung »dem Kampf des Pensionärs gegen die Langeweile« verdankt. 1849 kehrte François Perrier als junger pensionierter Offizier der Schweizer Garde aus dem Vatikan in seinen Geburtsort zurück. Da er nichts zu tun hatte, durchstreifte er die Ufer des Neuchâteler Sees auf der Suche nach Fröschen. Nicht um sie zu essen, sondern um sie zu präparieren. Hundertacht dieser Amphibien stellen in seinem eigenartigen Panoptikum Szenen aus dem gesellschaftlichen Leben des neunzehnten Jahrhunderts dar. In drei Vitrinen können die Besucher neben einem Familienmittagessen eine Partie Kartenspiel sehen, eine Schulklasse mit Lehrer und einem zur Strafe knienden Schüler, einen Barbierladen, eine Gerichtsverhandlung, ein Bankett. Der Höhepunkt: eine Militärübung, der ein Froschinvalide mit Holzbein zusieht. Jährlich kommen 15 000 Besucher, einschließlich der Touristen aus Amerika und Ostasien, um sich die Frösche anzusehen. Die meisten bedauern wie die Angestellten des Museums, daß es nach dem plötzlichen Tod des Autors dieser Szenen mit achtundvierzig Jahren niemandem gelungen ist, an seine Originalität anzuknüpfen.

Dreißig Jahre später begann der Briefträger Cheval in Hauterives, Südfrankreich, seine Träume in eigenwilligen Termitenbauten zu verwirklichen, Brocken, wie mit Sekreten zusammengeleimt: Steine, Muscheln, Äste, Wurzeln, Moose, mit grauer Masse übergossen, hart geworden. Dreiunddreißig Jahre ist er mit dem Bau beschäftigt. Seinen Nachbarn, die ihn verlachen, hinterläßt er Nachrichten auf Tafeln und Zetteln, zum Sprechen reicht es nicht, in den Jahrzehnten seiner angespannten Formsuche ist er scheu geworden, kennt nur sein murmelndes Selbstgespräch. Den Bauern hält er seinen Fleiß vor, er versteht sich nicht als Künstler: *Hereux l'homme libre brave et travailleur. Le reve d'un Paysan.*

Seine Tempel, Grotten, Labyrinthe weisen in Richtung Bomarzo. Der pensionierte Schweizergardist mit seinen Fröschen weist in Richtung Schweiz. Zwanzig Jahre später beginnt Adolf Wölfli in Waldau bei Bern ein eigenartiges Universum aus gewaltsamen Wortgebilden, Zeichnungen, Noten zusammenzupressen; Sezierschnitte, das Kopfinnere eines Solipsisten; ein Gruß an Cheval.

Die Delphine der sowjetischen Marine durchlaufen eine »Konversion in den Zivildienst«:

Der Schwarzmeerdelphin Diana zieht ein kleines Kind hinter sich und schwimmt mit ihm sicher am Netzkäfig vorbei zur Stelle, wo ihm gewöhnlich ein Hering zugeworfen wird. Bald gibt es keine Heringe mehr auf der Basis.

Auf der Höhe der militärischen Polarisierung befanden sich im geheimen Meeresaquarium der Schwarzmeerflotte bei Sewastopol mehrere Dutzend Delphine, trainiert zum Schutz vor feindlichen Froschmännern und zur Minen- und Torpedosuche.

Wenn uns nicht bald jemand unter die Arme greift, werden wir gezwungen sein, die Delphine an den Zirkus zu verkaufen, sagt Anton Pugovkin, seit zwanzig Jahren für das Spezialtraining verantwortlich. Wir sind am Rande des Abgrunds. Einst stand eine mächtige Marine hinter uns, jetzt sind wir eine arme staatliche Organisation geworden und wissen bald nicht, wovon wir die Tiere füttern sollen. Als das Geheimprogramm auf Hochtouren lief, schwammen hier bis zu siebzig Delphine, träumt er zurück. Mit Spezialwesten und Signalraketen ausgestattet, eingesetzt im Schutzkorridor vor strategischen Andockvorrichtungen, nicht zum Töten von feindlichen Froschmännern oder zum Anbringen von Minen, darüber können er und die anderen nur lachen. Theoretisch ist ein Delphin ausreichend klug, auch eine Atombombe abzuwerfen, sagt Pugovkin. Aber er ist nicht so stark, eine Mine zu tragen, auch wenn wir es von ihm wollten. Die neue Marine der Ukraine ist nicht reich genug, um die Suchaktionen der Delphine nach teuren Waffen, die während der Versuchsserien in der See verlorengingen, zu bezahlen. Nicht einmal die Schwarzmeerflotte, unter russischer Führung und Gegenstand der Streitereien zwischen der Ukraine und Moskau, hat diesen Säugern irgendeine Militäraufgabe zugedacht. Diana, einer von sechs übriggebliebenen Delphinen, wird eingesetzt, um Kindern mit Phobien zu helfen; Neurosen, Nachtmahre, Bettnässen werden hier erfolgreich therapiert; einige der Kinder sind kaum zwei Jahre alt. Der Trainer sieht seinen hochspezialisierten Delphinen etwas enttäuscht zu: dafür war die Mühe nicht gedacht, daß sie hier mit Kindern planschen.

Vor Jahren im alten Polizeimuseum in Prag: der pensionierte Museumsführer erzählt empört, daß es auch Versager unter den Polizeihunden gab. So viel Zeit vergeudet, Futterkosten für die Katz; er sollte Diversanten stellen, statt dessen wälzt sich ein teurer Spezialhund mit Kindern im Sandkasten. Nicht einmal als Wachhund konnte man ihn verwenden. Beste Voraussetzungen, und nichts als Enttäuschung.

Ich denke an Hunde, schwächer als Delphine, im Krieg eingesetzt, mit Minen auf dem Rücken, unter dem Bauch, gedrillt, unter niedrige Fahrzeuge und Panzer zu kriechen, die Antenne löste den Sprengsatz aus. Sie sollten auch Minen suchen. Den Russen ging es selten um Tiere, wie es ihnen auch nicht um Menschen ging.

Sie sind trotzdem abgezogen.

Die Dokumentation gibt es inzwischen.

Die Verhandlungen waren zäh. Die Russen haben ihre Taktik, die anderen zu zermürben, unter Alkohol zu setzen, mit brüderlichen Umarmungen, Küssen, mit Freundschaftsparolen einzuschüchtern. Im Oktober 1968, nach der Okkupation, kehrte die tschechoslowakische Delegation mit demütigenden Bedingungen über den »zeitweiligen Aufenthalt der sowjetischen Truppen in der ČSSR« aus der Sowjetunion zurück: »In ein paar Stunden können wir euch überrollen. Wollt ihr ein Blutbad oder Ruhe? Wir lassen die Sowjetarmee nicht beleidigen!« Die Militärs mußten tief getroffen sein von den Flugblättern, mit denen Prag über Nacht beklebt war: »Iwan, geh nach Hause! Deine Natascha geht mit Kolja, dem Deserteur.«

Die Zeiten ändern sich. *Uns werden sie nicht anbrüllen*, schreibt einer der Unterhändler. Das erste Treffen fand Mitte Januar 1990 statt, einen Monat nach der ersten offiziellen Note und nach wiederholten Mahnungen aus Prag. Die Russen spielten auf Zeit. Trotzdem wurden sie noch nie so schnell an den Verhandlungstisch gebracht; ein Unikum in den Erfahrungen mit der sowjetischen Diplomatie. Nach den Umwälzungen im November 1989 trat der neue tschechoslowakische Außenminister am 11. Dezember sein Amt an. Wie die anderen vom Bürgerforum eingesetzten Politiker, die direkt aus dem Gefängnis oder vom Tellerwaschen kamen, hatte er mit dem bürokratischen

Alltag wenig Erfahrung. Er ließ den alteingesessenen Stellvertreter, seit Jahren im Abwiegeln geübt, zu sich bestellen: Herr Vize, *pane náměstku*, Sie sind sechzig, im Pensionsalter. Entweder Sie werden die Verhandlungen vorbereiten und ehrlich führen, so daß sie erfolgreich sind, dann schicke ich Sie noch für zwei Jahre irgendwohin als Botschafter; oder Sie machen einen Fehler, spielen auf beiden Seiten, und gehen in den Ruhestand. Der Stellvertreter, ein Professioneller, nahm an. Am Anfang, neben anderen Floskeln, nannte er noch den Leiter der sowjetischen Delegation »mein Freund Aboimov«; das legte sich aber. Die Russen kamen mit einer Spezialmaschine direkt zu ihrem Stützpunkt in Milovice, ohne es für nötig zu halten, den Überflug zu melden, eine Unterkunft in Prag schlugen sie aus; zu den Verhandlungen wurden sie im Militärbus gebracht.

Eine Gruppe in Zivil und dreißig Offiziere im Generals- und Oberstenrang gegen fünfzehn Unterhändler auf tschechischer Seite, meist Zivilisten: Juristen, Techniker.

Als Erstes lehnten die Militärs jede konkrete Bestimmung des Verhandlungsthemas ab, dazu hätten sie kein Mandat. Es wurde zunächst verhandelt, worüber verhandelt werden soll. Für die meisten schien es eine Überraschung zu sein, daß sie als Okkupationsmacht angesehen werden, im Land nicht wohlgelitten sind. Das Wort Abzug war rotes Tuch für alle; über »stufenweise Reduzierung der Streitkräfte in Mitteleuropa«, gekoppelt an die sich seit zwei Jahren hinziehenden Verhandlungen in Wien, waren sie nicht bereit, hinauszugehen. Die Tschechen bestanden darauf, daß es sich um bilaterale Gespräche handelt, ohne Rücksicht auf das Lavieren der Großmächte in Wien, um die Revision der Verträge von '68, aufgezwungen nach der Invasion; um ihre Nullität. Dabei wurde erst deutlich, wie wenig sie über die Aktivitäten der Sowjettruppen auf dem eigenen Gebiet informiert waren. Weder über die genauen Zahlen noch über die Ausrüstung oder wonach ständig in der Erde gebohrt wurde. In den Operationsplänen der sowjetischen Führung war der tschechische Raum von vornherein als verbrannte Erde eingeplant. Im Angriffsfall sollte die tschechoslowakische Armee zum Rhein vorrücken, ihn auf einem Abschnitt von dreihundert Kilometern Breite überqueren und dann aufhören zu existieren: in den sechziger Jahren wurden wiederholt bei den Manövern »Vltava« Flußüberquerungen geübt. Umgekehrt, falls die Armeen des Warschauer Paktes zum Rückzug gezwungen wären, sollte das Quadrat Böhmen aufgegeben werden und die erste Verteidigungslinie erst weiter östlich, an der mährischen Grenze, aufgebaut werden.

Während der Verhandlungen haben die Sowjets mehrmals mit dem Abbruch der Gespräche gedroht, es wurde um jedes Wort gefeilscht. Sollte der Ausdruck »einschließlich«, »včetně«, *vklučaja* heißen oder *v tom čisle*? Als endlich überhaupt von einem *Abzug* gesprochen werden konnte, kamen die eigentlichen Probleme auf den Tisch. Zuvor waren eine Reihe Verträge und Vereinbarungen herangezogen worden, die die Sowjetunion seit den dreißiger Jahren, im Streben nach Sicherheit, bei jedem internationalen Treffen und auf jeder Ebene geschlossen hatte: über die Unverletzlichkeit der Grenzen, das Respektieren fremden Territoriums, Nichtangriffspakte; einschließlich der Statuten des Warschauer Vertrags über kollektive Verteidigung – nie einen kollektiven Angriff.

Aufgrund der technischen Schwierigkeiten würde der Abtransport der militärischen Technik und der Menschen zehn Jahre in Anspruch nehmen, wurde behauptet. Die tschechische Forderung, sie sollten bis zum Jahresende abgezogen sein, erklärten sie für irreal, gingen aber in der nächsten Runde auf fünf Jahre herunter. Allein für den Materialtransport wären 1800 Züge nötig, das bedeute zwei Jahre; bei der geringen Durchlässigkeit der Umladestation in Čierna pri Čope würden sie nicht mehr als 2 bis 3 Züge täglich schaffen. Da sie endlich Zahlen nannten, konnten ihnen die Tschechen vorrechnen, daß 800 Züge reichen müßten, das wären 6 bis 7 Monate. Es kamen aus der ganzen Republik Zusagen und Verpflichtungen der Eisenbahnergewerkschaft, sie würden bis zu sieben Züge pro Tag umladen, Hauptsache, es sind Züge mit sowjetischen Truppen. Und damit sich hinter der Grenze die Waggons nicht stauten, bot sich die tschechoslowakische Armee an, ihnen innerhalb von drei Wochen eine neue Verladestation zu bauen, mit ihrer Spurweite; die Russen behaupteten, das würde ein weiteres Jahr beanspruchen. Erst zuletzt kamen sie mit den wahren Gründen heraus: Ein Teil des Transportgutes, 1700 spezielle Artilleriegeschosse, benötigte eine besondere Behandlung. Deshalb würde es wesentlich länger dauern. – Entgegen allen offiziellen Verlautbarungen, sie hätten außerhalb ihres Territoriums keine Kernwaffen in Europa, wurden die ganze Zeit über auf dem tschechoslowakischen Gebiet Atomsprengköpfe gelagert.

Die zweite Runde wurde einen Monat später in Moskau abgehalten. Noch mehr Militärs. Nach den technischen Problemen kam unter den zivilen Ausschüssen letztlich das Hauptproblem auf den Tisch: sie wußten nicht wohin mit den Menschen; es gab keine Kasernen für die fünfundsiebzigtausend Soldaten, für die siebzehntausend Offiziersfamilien keine Wohnungen. Sie haben nie wirklich damit gerechnet, daß sie einmal abziehen würden; die Okkupation war auf ewige Zeiten gedacht, wie ihre unverbrüchliche Freundschaft. Der hohe sowjetische Funktionär hat dieses Geständnis gemacht, im Vertrauen darauf, die tschechische Seite würde für solche humanitären Probleme Verständnis haben. Einer der Unterhändler, der Historiker Jaroslav Šedivý, wurde zum ersten Mal ungehalten. Herr Stellvertreter, *pane náměstku*, Ihre humanitären Probleme hatten wir die ganzen zwanzig Jahre, seit Sie diese Wohnungen unseren Leuten weggenommen haben.

Die Militärs wurden direkt: Ihr werdet noch bitten, daß wir zurückkommen, wenn die Deutschen euch überrannt haben. Und warum werden gerade jetzt in Bayern die größten amerikanischen Manöver durchgeführt? Und wer wird euch nach uns alle die Waren abkaufen?

Noch während der Verhandlungen stieg die Zahl der Züge, die jahrzehntelang aus der Tschechoslowakei ostwärts rollten, verplombt, vollgestopft mit Textilien und Versorgungsgütern, deutlich an. Für die Sowjetarmee war ein Kurs von 1:30 eingerichtet worden, zu Zeiten, als der offizielle Handelskurs 1:9 und der touristische 1:12 war – beides bereits kriminell überhöhte Aufwertungen des Rubels. Zwei Drittel aller Ausgaben der Okkupationstruppen wurden vom tschechoslowakischen Staat getragen. Das Hadern um Zollbestimmungen und um die Wiedergutmachung der Bodenschäden hätte weitere Verzögerungen zur Folge gehabt; darauf wurde weitgehend verzichtet. Ein Rocksänger und Parlamentsmitglied hatte parallel in den politischen Gremien einen Ausschuß zur Kontrolle des Abzugs gegründet und mit einer sowjetischen Abgeordnetengruppe verhandelt; so wurden die Gespräche in den Medien und durch die Öffentlichkeit unterstützt.

Zum Abschluß kam ein offizielles Bittschreiben von Gorbatschow, der bis zuletzt eine klare

Verurteilung der Okkupation von '68 hinausgezögert hatte, der Abzug möge aus humanitären Gründen statt bis zum Jahresende innerhalb von zwei Jahren erfolgen. Havel willigte in achtzehn Monate ein. Die tschechische Seite hat Ungarn informiert; den Russen standen die gleichen Verhandlungen in Budapest bevor. Das westliche Ausland reagierte mit wenig Verständnis; England, seit München '38 in tschechoslowakischen Angelegenheiten anmaßend, rügte die Tschechen, sie hätten mit ihrem Alleingang die Abrüstungsgespräche negativ beeinflußt. Der Abzug der Briten aus Westdeutschland erfolgte zwei Jahre später.

Der letzte sowjetische Soldat verließ die Tschechoslowakei ein paar Tage vor dem vereinbarten Termin 30. Juni 1991. Sie konnten nur nicht verstehen, daß keiner kam, sich von ihnen zu verabschieden.

Bilder von Milovice nach dem Abzug. Zurückgeblieben: ein stumpfer, in Beton gegossener Lenin, verdreckte Baracken mit herausgerissenen Holzbohlen, ohne Fenster, aufgebrochene, ölverpestete Erde.

Aber sie sind weg.

So schnell ging es sonst nirgends.

Bevor mir die Brust vor Stolz schwillt, sehe ich in die anderen Zeitungen. Die drei Sondernummern der »Unzensierten Zeitung« vom Sommer 1992, jede über sechzig Seiten dick, mit vierspaltig gedruckten Listen der Mitarbeiter der StB, der Staatssicherheit, unterteilt in »Residenten«, »Halter einer geliehenen Wohnung«, »Agenten«, »geheime Mitarbeiter«, »Vertrauenspersonen«; pro Spalte hundertvierzehn Namen. Ich blättere zunächst unbeteiligt, uninteressiert, bis ich bekannte Namen sehe, Schauspieler, populäre Sänger, Künstler, Publizisten, aber auch Nachbarn, Hochschullehrer.

Ein umtriebiger Kolumnist, bekannt für seine »scharfe Feder«, engagiert in Theaterunternehmen für deutsche Touristen, *Kultur als joint venture,* gleich zweimal eingetragen als »Alex«; seit Jahren effizient.

Wenig überraschend: ein Germanistik-Assistent, als Resident »Vladimir« erfaßt; bereits während meines Studiums lästig, an denunziatorischem Eifer nur von der ostdeutschen Lektorin »Sieglinde« übertroffen. Die anderen wollten nichts merken.

Der Neuseeländer »Ian«, ehemaliger KGB-Agent, nach seiner Enttarnung als Hochschuldozent für Englisch in der Tschechoslowakei untergetaucht; – auch er eine unangenehme Erinnerung aus meiner Studienzeit.

Die agile Literaturkritikerin »Rosa«, pensionierte Marxistin, seit den fünfziger Jahren schon als Studentin für die Zerstörung von Kommilitonen- und Hochschullehrerlaufbahnen verantwortlich. Die Partei hatte auch das Privatleben bestimmt: die jüngere Schwester, eine unsichere

Malerin, wurde an einen »wunderbaren Genossen« verheiratet und an der Parteihochschule untergebracht, zuständig für die Wandzeitung. Nach '68 fühlte sich »Rosa« als Reformkommunistin verfolgt. Sie überdauerte in einer Privatwohnung neben der Burg. Mit siebzig Jahren ist sie wieder dabei, ihre Maßstäbe des sozialistischen Realismus in Kunstkritiken zu verbreiten, und wird gedruckt. Die Generation der geschädigten Achtundsechziger meldet sich zurück, während die politischen Häftlinge der fünfziger Jahre, Überlebende der Lager, Teilnehmer des Widerstands, mit zerstörtem Leben, verrotteter Gesundheit, alt, resigniert auf Wiedergutmachung warten. Die meisten sind tot, vergessen.

Der Präsident hat sich von der Veröffentlichung der Listen distanziert, die Bekanntmachung der Namen scharf verurteilt; es gäbe auch Verwechslungen, Unrecht, tragische Verstrickungen. Die Zeitung antwortete, der Präsident selbst umgebe sich mit dubiosen Mitarbeitern, politisch belasteten, und seine sogenannten Berater wären sämtlich Amateure ohne die erforderlichen Kenntnisse und Fähigkeiten. Dieser Vorwurf wurde in anderen Zeitungen wiederholt, mit Beispielen. Der Sprecher des Präsidenten hätte sich bei Pressekonferenzen mehrmals krasse Ausfälle erlaubt, auch gegenüber Auslandsjournalisten; wegen seiner arroganten Inkompetenz nicht länger tragbar, wurde er auf den Botschafterposten in den USA abgeschoben. Dort wäre er zwar genauso inkompetent, aber weniger sichtbar. In einem Interview wird er nach seiner Tätigkeit gefragt. »Ich bemühe mich, daß Persönlichkeiten der amerikanischen Wirtschaft und Politik unsere Republik mit ihrem Besuch beehren.« So viel Kriecherei gab es nicht einmal unter den Russen, kommentiert die Zeitung.

Dem Präsidenten wird sein Taktieren vorgeworfen; statt sich um die internen Probleme zu kümmern, reist er in der Welt herum, Liebling aller, *vom Dissidenten zum Präsidenten*, von Amerika nach Israel, privat nach den Bahamas. Vermittelt im Nahen Osten, während zu Hause sich die Schwierigkeiten häufen. Er solle sich nicht wundern, wenn sich die Situation in der Slowakei zuspitzt.

Ich stelle mir diesen höflichen Menschen vor, wie er versucht, überall freundlich zu bleiben.

Auch Dissidententum will gekonnt sein, schreibt die Zeitung. Wo sind diejenigen geblieben, nicht durch berühmte Namen geschützt, die jahrelang im Gefängnis zugebracht haben, von mitinhaftierten Roma vergewaltigt, mißhandelt von sadistischen Kapos und Wächtern, die Unbekannten, die mehr auszuhalten hatten und keinen Mitterand-Besuch bekamen, keine Prominenz? Wer wird den längsten Strich Europas schließen, die E 55, die Ausfallstraße nach Deutschland, wo sich die Zuhälter der Polinnen, Russinnen, Albanerinnen an Spieltischen bekriegen, während die Frauen bei jedem Wetter draußen Kunden auftreiben müssen, die Zigeunerinnen, die nicht wissen, ob ihre Kinder zu Slowaken oder Tschechen werden?

Das ist auch mein Land.

Da war noch etwas. Das kann nicht alles sein.

Ein Kommilitone, Spanier. Als Kind in einer Industriestadt in Nordböhmen aufgewachsen, sein Vater, Kommunist, nach dem Bürgerkrieg mit anderen von der Partei aus Spanien herausgeschickt. Österreich war ihm zu bürgerlich, es sollte Böhmen sein, eine enge Provinzstadt, damit man sich nicht eingewöhnte, auch die Kinder nicht. Irgendwann sollten sie zurück. Der Sohn konnte die neue Sprache bald.
Er sprach mehrere Sprachen, war belesen. Nach dem Studium bekam er eine Stelle als Verlagslektor. Für einen Freundeskreis übersetzte er aus dem Spanischen und Französischen, nichts Brisantes, Philosophie, Soziologie. Die Gruppe wurde als konspirativ eingeschätzt; seine Sprachkenntnisse machten ihn der StB verdächtig. Er wurde für neun Monate eingesperrt, eine kurze Zeit arbeitete er dann als Nachtwächter im metallverarbeitenden Betrieb ZUKOV in Prag-Holešovice. Dort wurde in einer Nacht die von der Polizei beschlagnahmte Grabplatte Jan Palachs eingeschmolzen; die Rentnerin, die Dienst hatte, wurde nach Hause geschickt. Die Bronze war noch warm, als er zur Schicht kam.

Der Aufenthalt im Gefängnis hat ihn ver-

ändert. Er ist ungesellig, aggressiv geworden, vereinsamt.
Während seine Freunde Karriere machen, ist er nicht imstande, aus seiner Vergangenheit Kapital zu schlagen.
Er hat seltsame Eigenschaften:

Von dem von seinem Vater im Kleingarten gezüchteten spanischen Gemüse bekam er einen Bandwurm, bis dahin in Böhmen unbekannt, mediterran.

In der Moldau fand er einen Moldavit, einen Halbedelstein, in den trüben Fluten schon lange nicht gesehen: Aufschlagsplitter eines Meteoriten.

In einer Konserve mit Muscheln fand er eine Perle.

Zuletzt kamen Bienen zu ihm. Ein ganzer Schwarm, der unter seinem Fenster in der Altstadt Waben gebaut hat, schöne weiße Wachstrauben. Er hatte als einziger in der Straße einen Blumentopf am Fenster.

Ein anderer, der mir einmal nahe war, ist ein schweigsamer Bildhauer, der in seinem vollgestopften Atelier seit Jahren an den immer gleichen Objekten arbeitet. Die Variationen sind minimal. Früher öffnete er, kochte Kaffee, sprach über Filme. Jetzt bleibt die Tür geschlossen, vor der Hausdurchfahrt ist ein Gitter.

Ich lege die Zeitungen zusammen, fange Wörter auf: *Konversion, Dislocierung, Harmonogramm, devastiert.*

Eine Geschichte aus neuester Zeit kommt erst jetzt zum Vorschein.

(ČTA) Die russische Armee, die »Erbin der glorreichen Kampftraditionen« ihrer allgemein gefürchteten sowjetischen Vorgängerin, ist heute nur ein Schatten des mächtigen, gefeierten, privilegierten und verwöhnten, bis auf die Zähne bewaffneten Koloß.

Vor knapp drei Monaten geleiteten Mitschüler und Kameraden den lächelnden und stillen Mischa Kubarskij aus dem mittelrussischen Jaroslavl zum Militärdienst. Sie wünschten ihm einen erträglichen Dienst und eine schnelle Rückkehr. Er kam bereits im Frühling – in einem Zinksarg. Er diente beim Musterpanzerbataillon unweit von Chabarowsk im Fernen Osten. Der Gemeine Michail Kubarskij starb an Hunger.

In diesem tragischen Fall gibt es viele Unklarheiten. Kubarskij wurde während der erwähnten drei Monate drei medizinischen Untersuchungen unterzogen: einer bei der Einberufung, einer beim Antritt und einer dritten »Tiefenuntersuchung«, kurz vor seinem Tod, als alle Soldaten der Einheit von einer Ärztekommission des Bezirksarmeekrankenhauses untersucht wurden. Diagnose: Praktisch gesund. Achtzehn Tage nach dieser »Tiefenkontrolle« kam Soldat Kubarskij in die Ambulanz und klagte über Schwäche. Man stellte nun fest, daß er starkes Untergewicht hatte – konkret, zwölf Kilo weniger als das medizinisch festgelegte Minimum für seine Körpermaße und sein

Alter. Der Kommandant des Gesundheitsdienstes Major Sirčenko fand am Gesundheitszustand des Soldaten »nichts Beunruhigendes«, schickte ihn dennoch ins Krankenhaus in das 50 km entfernte Chabarowsk. Der Krankenwagen der Einheit ist seit einem halben Jahr zur Reparatur vorgesehen; Kubarskij hat den Bus genommen. Während der Fahrt brach er zusammen.

Zwei Tage nach seinem Tod stürzte sich eine medizinische Armeeinspektion auf das Bataillon und wies sofort über fünfzig Soldaten ins Krankenhaus ein. Diagnose – »starke Unterernährung«.

Ausgemergelte Soldaten schlingen die umsichtig dosierten Portionen Graupenbreis mit Butter und Boršč und denken mit Schauder über den Augenblick nach, wo sie zur Einheit zurückkehren müssen. Dort bekamen sie oft eine Woche nichts als gewärmtes Kraut und sahen mehrere Tage lang kein Brot.

Die Armee lebt praktisch auf Pump.

In der Zeitschrift *Reflex* werden die prämiierten Bilder der World Press Photo gezeigt. Erster Preis in der Kategorie »Alltag«, das Photo des Russen Ivan Kurtov. Vier Matrosen stehen auf dem Leningrader Kai stramm und salutieren vor einem hochdekorierten altgedienten Marineoffizier, der auf einem Rollbrett an ihnen vorbeifährt, mit einem breiten Lächeln, beinlos. *Nur fröhlich, Jungs!* Die Stadt im Hintergrund ist im Smog kaum auszumachen.

Ich stelle mir einen Delphin in Majors-Rang vor, der ein kahlköpfiges Kind aus Tschernobyl auf dem Rücken trägt. Die Umweltschäden in der Sowjetunion sind größer als alle vergleichbaren Zerstörungen außerhalb ihres Territoriums zusammen. Die spektakulären Green peace-Aktionen vor Bohrinseln und Atomversuchsatollen nehmen sich vor diesem Ausmaß wie private Akrobatiknummern aus.

In der amerikanischen Armee hatten Hunde auch ihre Auszeichnungen. Auf dem *pet cemetery* bei Raleigh, North Carolina: »War Dog, U. S. Army, Honorable Discharge: Jigger, 3-7-40 – 9-26-53«. Mehrmals: das Porträt eines Deutschen Schäferhundes auf der Grabplatte, daneben auf der Erde die amerikanische Fahne. Liegen in Arlington auch Hunde? Auf dem *National Cemetery* in Chattanooga habe ich kein Hundegrab gesehen. In Raleigh liegt auch ein Pinguin: »Pandora Pekok, Penguin, Best Friend and Confidant, 1972-1989«. Ohne Rang. Der chinesische Kaiser Quin Shihuang, berühmt durch die überwältigende Terrakotta-Armee, die sein Grabmal nach dem Tod bewachen sollte, und für seine lebenslange Suche nach dem Elixier der Unsterblichkeit, beförderte auch Bäume und Hügel im Rang. Ein Hügel wurde kahlrasiert und abgetragen, weil er ihm den Blick verstellte. Ein Baum, unter dem er einmal Schutz vor Regen gefunden hatte, wurde zum »Minister des Fünften Ranges« ernannt. Die Erbauer und die Künstler seiner Grabstätte durften sie nicht mehr verlassen und wurden lebend eingemauert.

Der Wahn des Mächtigen ist Realität für die Schwachen.

Ich bin schon anderswo.

In »Gravity's Rainbow« skizziert Thomas Pynchon ein biographisches Paradigma. In einer der wahnwitzigsten Geschichten wird die Alphabetisierung der Turkvölker in der frühen Stalin-Zeit geschildert, bei der Wjatscheslaw Tschitscherin, Sonderbeauftragter des Moskauer Kulturausschusses, strafversetzt im Siebenstromland das NTA, das Neue Turk-Alphabet einführen soll und sich dabei einen erbitterten Kampf mit seinem Rivalen Igor Blobadjan »von dem prestigeträchtigen G-Komitee« liefert, der sich Tschitscherins »uvularen Verschlußlaut« (eine andere Art G) einverleiben möchte. Eines Tages sind alle Stühle in Tschitscherins Sitzung angesägt, und zwei Dutzend Linguisten landen auf dem Boden. Aus Rache überträgt Tschitscherin die erste Sure des Korans in das vorgeschlagene NTA und läßt sie bei den Arabisten, die auf jede Profanierung empfindlich reagieren, unter Blobodjans Namen zirkulieren. Dieser ungeahnte Frevel führt dazu, daß Blobodjan, ohne etwas erklären zu können, bis in die finstersten Winkel von Baku von krummsäbelschwingenden Arabisten verfolgt wird, durch aufgelassene Ölbohrtürme, Kammern, Verschläge, Röhren. Blobodjan flieht, ohne noch zu wissen, wohin, die Verfolger an den Fersen; die letzte Luke fällt zu.

Hier lang! Was soll das? Du gehörst nicht mehr dazu. Deine Reise führt anderswohin. Es ist Zeit. Du bist schon in einem anderen Tunnel. Geh.

4.

Am Morgen öffne ich die Wohnungstür und scheuche eine Katze auf, die auf der oberen Treppe kauert, als wäre sie auf der Lauer. Ich rufe sie, sie huscht an mir vorüber, läßt sich nicht streicheln. Eine rote. Ich unterdrücke den Impuls, ihr nachzulaufen. Sie muß jemandem von unten gehören, ich habe sie schon ein paarmal im Haus gesehen. Sie ist scheu, als wäre sie halbwild oder ich hier fremd. Eine rote Katze habe ich noch nie gehabt. Dreimal eine schwarze, mit weißem Fleck unter dem Hals, zwei getigerte – eine mit einem Muster wie Nebelpanther; und eine weiße als Kind. Die war ein Biest.

Eigentlich wäre es schön, jemanden zu haben, ein Tier, das auf mich wartet, aber nicht hier, nicht in dieser Wohnung, die mir nicht gehört. Es gibt hier eine Pflanze, vom Vorgänger hinterlassen. Als erstes stürze ich mich auf sie und gieße, ohne mir klar zu machen, daß sie nach so langer Zeit kaum noch Wasser braucht, und wenn, dann in kleineren Mengen. Durch meinen Eifer, mein Bedürfnis, hier nach dem Rechten zu sehen, als sollte ich hier mit Fürsorglichkeit meine Anwesenheit rechtfertigen, zerstöre ich sie. Ich finde einen Stock bei einem Spaziergang auf den Petřín und befestige sie daran, ein Zweig neigt sich unter der

Last der Blätter und droht abzuknicken. Ich suche in der Wohnung nach einem Bindfaden und finde Kinderbücher, einige hatte ich auch gehabt, in sorgfältigeren Ausgaben, in Leinen gebunden, mit Lesebändchen. Diese sind mit Kunststoff beschichtet, die Illustrationen grobe Vereinfachungen der alten Bilder. Ich lese einige Märchen wieder; auch die Texte sind vereinfacht, gekürzt, nacherzählt, ohne Glanz, ohne Geheimnis.

Beim Anblick dieser klebrigen, schmuddeligen Bücher, vergessen unter liegengelassenem Krempel, wie die Pflanze, frage ich mich wiederholt, was ich hier eigentlich will. Meine Aktivitäten, wenn ich die Pflanze gieße oder mit dem kaputten Staubsauger versuche die Wohnung wohnlicher zu machen, ähneln einer Inszenierung. Ich setze eine Pflanze unter Wasser und komme mir nützlich vor, während die anderen im Haus Kinder vom Kindergarten und vor der Schule abholen, Einkäufe in Netzen herbeischleppen – die alten Netztaschen, mit Gemüse, Fleisch, Fisch, Öl, nach Arbeitsschluß in vollgedrängten Läden geholt; die Schlangen an der Kasse. Ich sehe sie Weihnachtsbäume tragen, Schlitten reparieren, den Kindern Mützen, Schals und Handschuhe aufdrängen.

Sie leben unmittelbar ins Reine, ohne zu probieren, während ich immer noch auf dem Schmierpapier das Konzept durchstreiche. Die alte Schulaufsatz-Gliederung: Einleitung, Hauptteil, Schluß. Manchmal kommt es mir vor, als wäre ich schon längst im Hauptteil, kritzelte aber immer noch an der Einleitung, am Entwurf. Alles muß stimmen; zum Thema komme ich vor lauter Anforderungen nicht. Das Leben – wie man sagt; ich kann nur nicht begreifen, daß es schon alles sein sollte.

Die Katze ist fort. Im Treppenhaus zieht es, kalte Luft, die Kohlengeruch und silbrige Partikel hereinträgt, angewehter Rauhreif vom Dach; die Luke im oberen Stockwerk ist offen. Ich gehe hinauf, die Kette, mit der die Dachluke geschlossen wird, ist eingehakt, die Leiter an der Wand, mit der man sie erreicht, fehlt. Ich überlege, daß ich irgendwo klingeln könnte, ich kenne hier aber niemanden. Vormittags sind meist nur Rentner zu Hause, alte Frauen, mißtrauisch, sie haben keine Leiter oder können sie nicht mehr tragen, die meisten würden wohl gar nicht öffnen.

Ich kehre um, als ich auf dem Schrank, der im Hausflur abgestellt ist, einen Vogel sehe, eine Amsel, sie kauert am Rand, verfroren oder verletzt, der Wind muß sie hereingedrückt haben. Deshalb die Katze hier. Ich komme näher, hebe die Hand, überlege, womit ich sie fassen kann. Der Vogel flattert auf, zieht sich zurück an die Wand, wo ich ihn nicht erreichen kann. Ich taste nach ihm, ein Auge beobachtet mich, das Lid halb zugezogen, sobald ich die kritische Distanz unterschreite, hüpft er auf, entzieht sich meinem Zugriff. Ich habe vergessen, daß es mir vor ihm eigentlich ekelt, vor dem vermilbten Gefieder, wie bei den Hunderttausenden Tauben in der Stadt. Ich komme von der anderen Seite, berühre ihn. Er fliegt auf, bis zur Luke, kommt aber nicht hindurch, die Öffnung ist zu schmal. Die Windböen tragen jetzt Schnee herein, auf dem Treppenabsatz bleibt er bereits liegen, ich fühle, wie meine Finger vor Kälte starr werden. Der Vogel flattert zwischen Schrank und Decke, prallt gegen die Luke, landet auf dem Boden, fliegt aber sofort auf, als ich mich nähere, ich sehe ihn jetzt deutlich. Er ist größer als eine Amsel, hat einen anderen Kopf. Die Flügel sind schwarz, mit roten Streifen, es ist keine Amsel. Ich kenne Amseln mit weißen Sprenkeln, Abweichungen, die ich in Frankfurt beobachten konnte, Halbalbinos, von den anderen nicht angenommen wegen eines weißen Flecks, allein gelassen, wenn Krähen kamen.

Ich habe diesen Vogel schon gesehen, nicht in Europa. Rot und Schwarz – die *robins* in New York haben eine rote Kehle und einen roten Bauch, aber keine Streifen auf den Flügeln. Es war ein karger Ort, verlassen, ohne Bäume; ich war überrascht, als der Vogel sang. Jetzt weiß ich den Ort wieder. Masada.

Ein Plateau, oben die Festung des Herodes: die Reste der Wehrmauern, der Zitadellen und Paläste, steile, schwindelerregende Abhänge. Steinwüste, am Fuße das Tote Meer, der alte »Asphaltsee«, das Wasser so bitterlich salzig, daß es Augen und Mund verätzt, der Vogel sang den Belagerten: Tristan, Tristram – schwarz und rot. Den letzten

Juden, die sich den Römern widersetzten; drei Jahre nach der Eroberung Jerusalems, eine Gemeinde von einem knappen Tausend gegen eine zehnfache militärische Übermacht, sieben Monate lang. Sie hatten mehr zu essen und zu trinken als die Belagerer, die hofften, sie auszuhungern; die Zisternen waren voll Wasser, die Vorräte an Getreide, Öl, Datteln, noch von Herodes angelegt, hatten sich in der trockenen Luft fast hundert Jahre lang gehalten und hätten für weitere Jahre gereicht. Herodes hatte die Festung ausbauen lassen als Zufluchtsort gegen seine jüdischen Widersacher, die ihn nicht als rechtmäßigen Nachfolger des Königs David ansahen, und gegen die größere Gefahr – Kleopatras Zugriff auf Judäa. Das obere Plateau, sechshundertfünfzig Meter lang, dreihundert Meter breit, mit zwei Palästen, Bädern, Verwaltungsgebäuden, Wohnhäusern und Magazinen, war von einer Mauer mit Wehrtürmen umringt; der massivste stand auf dem Felsenvorsprung im Westen, wo ein benachbarter Berg dem Gipfel am nächsten lag.

Am Vorabend des Falles von Masada vernichteten die jüdischen Verteidiger alles, außer den Vorräten an Lebensmitteln und an Wasser, damit die Sieger nicht dächten, sie hätten sich aus profanen Gründen umgebracht – 960 Männer, Frauen, Kinder. Ein Los wurde gezogen, zehn Männer, die die anderen töten sollten; dann einer die restlichen neun. Anschließend, nachdem sie in den Häusern, dem Nord- und dem Westpalast, den Bädern, den römischen und der *mikve,* dem Ritualbad, Feuer gelegt hatten – im Tempel, den Waffenlagern, dem *Kolumbarium,* wo früher unter der ersten Römerbesatzung Tauben gezüchtet wurden – tötete der Letzte sich selbst. Die Lotterie von Masada.

Es gab Zweifler. Nicht alle wollten sterben, ihre Familien, die Frauen und Kinder abschlachten lassen; die römische Sklaverei war nicht grausamer als das Zusammenleben und Sterben mit den Stammesgenossen.

Die lange Rede des Anführers Elasar Ben-Jair: *Ihr tapferen Männer!* Die Peripetien von Höhenflug und tiefster Verzweiflung; den Ausschlag gab der Wind.

Die Römer hatten auf der Westseite vom gegenüberliegenden Berg aus einen Wall aufgeschichtet, über den sie mit einem Rammbock den massiven Wachturm durchbrochen hatten und danach versuchten, auch die von den Verteidigern aufgerichtete Mauer zu zerstören. Sie war aus Holz und Erde gebaut, zwischen zwei Reihen quer verstrebter Balken aufgeschüttet, die Ramme konnte gegen sie nichts ausrichten; mit jedem Anprall verfestigte sich die Erde noch mehr. Nach langen, vergeblichen Versuchen schossen die Römer schließlich brennende Fackeln gegen den Bau. Die Mauer fing Feuer. Der Wind drehte sich aber nordwestlich und trieb die Flammen auf die Römer zurück; die Ballisten, die Schilde und Seile gerieten in Brand. Sie wollten schon weichen, den

Belagerten wären weitere Tage und Wochen sicher, ein Ausbruch nicht – der Berg war umzingelt. Da drehte sich der Wind erneut. Südöstlich, gegen die Mauer. Er zerstörte sie bis auf den Grund. Die Römer wußten, ihnen würde Masada am nächsten Tag gehören. Sie zogen sich in ihr Lager zurück und warteten auf den Morgen.

In der Nacht fiel die Entscheidung. Elasar hatte zunächst nicht alle Männer auf seiner Seite. Weder seine Sikarier, nach ihrem Dolch – sika – genannt, die jahrelang in der Ebene am Toten Meer plünderten und unter der jüdischen Bevölkerung mehr Blutbäder anrichteten als unter den stationierten Römern, noch die Zeloten, die »Eifrigen«, die sich mit ihnen auf Masada verschanzt hatten, waren von seinen Worten gleich mitgerissen.

Elasar wandte sich nun an die Zögerer. Der Gott, der den Wind drehen ließ, erinnere an ihre Untaten – er wendet sich ab. Nur der Tod von eigener Hand bleibe ihnen übrig, den Ratschluß Gottes über das ihm einst so teure Volk zu vollziehen: »Denn wäre er uns gnädig geblieben oder nur wenig über uns erzürnt gewesen, würde er dem Untergang so vieler Menschen nicht ruhig zugeschaut haben. ...Ich habe mich sehr getäuscht, als ich glaubte, mit tapferen Männern zu kämpfen!«

Damit hat er die Männer überzeugt. Frauen wurden nicht gefragt.

Zwei hatten sich mit fünf Kindern in der unterirdischen Wasserleitung versteckt und überlebt. Als die Römer am nächsten Tag kamen, berichteten sie ihnen über die Ereignisse. Die Rede von Elasar konnte so aufgeschrieben, die Entscheidung als historische Tat festgehalten werden. Die Sikarier wären, wenn überhaupt, als Plünderer in die Geschichte eingegangen; so kennt man ihren Heldenmut: »Ohne daß sie geschändet werden, sollen unsere Frauen sterben, ohne das Los der Knechtschaft unsere Kinder!« – Durch das Zeugnis zweier unheldenhafter Frauen, die sich dem Sektenwahn entzogen hatten und sich nicht abschlachten ließen.

Der Vogel sieht mich an, als wäre ich eine Mörderin. Meine Rettungsversuche machen ihn wild. Ich packe ihn, er hackt nach mir, flattert auf, verliert eine Feder. Ich wollte ihn vom Fenster meiner Wohnung aus freilassen, jetzt habe ich keine Geduld mehr. Ich steige auf das Geländer, unter mir sind es zwanzig Meter zu den Kacheln im Parterre, ich balanciere, mit einer Hand stütze ich mich an der Wand, mit der anderen versuche ich die Kette zu fassen, erreiche sie endlich und ziehe an ihr, springe herunter. Die Kette bleibt mit ihrem letzten Ring an meinem Finger hängen, schürft die Haut ab, verrenkt mir den Arm, ich stehe auf einer Zehenspitze, denke, der Finger bricht, aber die Luke ist jetzt weit offen. Der Vogel hockt in der Ecke und rührt sich nicht, ich trete nach ihm, will ihn aufscheuchen, damit er fliegt, aber er kauert nur, ich schreie ihn an, dann hau endlich ab!, ich weiß nicht, wie lange ich die Kette noch halten kann. Schwerfällig, wie unentschieden, erhebt er sich endlich, wahrscheinlich gehört er jemandem, ein tropischer Vogel, was soll er in der Kälte, ich kann den Finger nicht aufrichten und die Kette loslassen, sie ist am vorletzten Glied eingeklemmt. Endlich gleitet sie ab, mitsamt der Haut. Der Finger blutet, ich sehe noch, daß der Vogel den Weg gefunden hat, die roten Federn leuchten gegen den grauen Himmel, mein heroischer Tristan von Masada, die Klappe fällt zu. Ich presse den Finger in der Faust und gehe hinunter, hinter mir öffnet sich eine Tür, schmal, das Spionauge der anderen klickt, sie hätten früher öffnen müssen, als ich die Leiter brauchte, die Arschlöcher!, es fehlt noch, daß eine nach ihrem Vogel fragt!

Ich schmeiße hinter mir die Wohnungstür so zu, daß das Haus erzittert, bisher war ich hier zu leise gewesen!

Ich halte den Finger unter kaltes Wasser, voll aufgedreht, sobald ich es abstelle, macht mich der Schmerz wütend. Ich fächle ihn mit der Feder des Vogels, vielleicht war es nur eine Züchtung aus dem Laden, morgen hockt er wieder auf dem Dach und will an seinen gewohnten Körnertopf. Tristan! – Ich lasse mich von Wörtern immer wieder einfangen.

Masada – zwischen Sodom und Jericho, im Norden am Toten Meer Qumran. Jeder Name ein Schlag ans Hoftor. Es waren nicht die Essener, die

die Rollen verfaßt haben; inzwischen bewegt sich die Geschichte, neue Ausgrabungen, neue Funde – auch in Jerusalem; die Schichten der Epochen und Zeiten übereinander, wievielmal wurde die Stadt zerstört?

Daß ich keine Jüdin bin, ist nur ein Mißverständnis.

Ich denke an Belagerte: Troja, La Rochelle, Musa Dagh. Ich höre die »Auferstehung« von Mahler, auf Masada gespielt. Ich stelle mir ein Ballett vor, auf diesem Plateau aus weißlich gelbem Gestein, grau verwittert – rote Gewänder?, über den Köpfen fliegen Vögel. Es geht mir gut. Der Finger schwillt an, das Schultergelenk schmerzt; heute kein Training.

5.

Ach, nemá se tak dlouho žít! . . . Man soll nicht so lange leben! Wenn ihr wüßtet, wie leicht ihr lebt! Ihr seid so nah an allem. Für euch hat alles einen Sinn. Jede Minute ist kostbar. Toren, ihr seid so glücklich! Wegen des dummen Zufalls, daß ihr bald sterben werdet!

»Die Sache Makropulos« von Janáček.

Ich sitze im Theater, wo vor zweihundert Jahren Mozart seinen »Don Giovanni« uraufgeführt hat. Die Farben sind nicht die klassischen Theaterfarben Rot und Gold, sondern Blau und Silber; die Verzierungen sind gold, der taubengraue Plüsch der Sitze mit den weißen Lehnen erhöht den Eindruck von Silber. Der Vorhang ist blau.

Wieviel Stoff braucht man für einen Theatervorhang? In den Privattheatern der Schlösser und den fahrenden Bühnen gab es statt des schweren Stoffes auf Pappe gemalte Draperien. Es gibt Vorhänge, die berühmt sind, wie Kirchenfenster. Das Nationaltheater hat drei Vorhänge: den äußeren eisernen Vorhang mit getriebenen Bordüren, den Hauptvorhang mit einer dekorativen Allegorie und den Stoffvorhang aus rotem Samt. Dahinter mehrere Bahnen durchsichtigen Stoffs für die Teilung der Bühne.

Bevor die Preise für Theaterkarten in den letzten Jahren drastisch angehoben wurden, kamen volle Busladungen vom Lande zu den Aufführungen, damit die Bevölkerung ihr »Kapellchen an der Moldau« einmal besuchen konnte. Ihre Vorfahren haben einst für den Bau des eigenen tschechischen Theaters ihr Erspartes gegeben.

Wenn sich der eiserne Vorhang öffnete, ging ein Raunen durch die Reihen, das prächtige Gemälde wurde bestaunt, zuletzt, während der Saal sich verdunkelte, rauschte der schwere Samt zur Seite, und die ersten Töne erklangen.

Über der Szene steht folgerichtig »Národ sobě« – »Das Volk sich selbst«. Im Unterschied zu der klassizistischen Parole über dem Portal des Ständetheaters: »Patriae et musis«.

Das Ständetheater ist hundert Jahre älter als das Nationaltheater und in seinem ursprünglichen Zustand weitgehend erhalten. Blau, hoch, schmal. 1783 erbaut, bot deutsches Repertoire und italienisch gesungene Opern; ein paar tschechische Possen bildeten die Ausnahme. 1787 brachte Mozart seinen »Don Giovanni« mit. Als er mit dem bestellten Werk in Prag ankam, fehlte die Ouverture, mehrere Arien und das Finale. Aus der Partitur und den Unterschieden im Papier – er hatte nicht einmal ans Papier gedacht! – lassen sich die in letzter Minute verfaßten Teile genau feststellen; der Musik kann es nichts anhaben. Die Prager liebten *ihren* Mozart, in der euphorischen Atmosphäre allgemeiner Begeisterung und Bewunderung konnte er ungehemmt improvisieren und bei der Uraufführung sogar aktuelle Anspielungen auf Mitglieder des Ensembles einstreuen, die ihre Wirkung beim Publikum nicht verfehlten. Er hätte sich das lokale Kolorit sparen können, die Prager hatten ihn ohnehin bereits angenommen.

Ich stelle mir Mozart vor, wie er in seiner motorischen Übersteuerung zwischen dem Piano und dem Schreibtisch hin- und herhüpft, auf dem eilig beschafften Papier kritzelt – *komponirt ist schon alles, geschrieben freilich keine Note!* – dazwischen ein paar Purzelbäume, Miauen, Gelächter (und wenn nur die Hälfte der Zeugenaussagen zuträfe!), mit hochgekrempelten Ärmeln – ein zierlicher Holzhacker, der bei aller Unruhe die Übersicht behält: *…sie dencken sich halt, weil ich so klein und jung bin, so kann nichts grosses und altes hinter mir stecken; sie werden es aber bald erfahren.*

Vor Mozart gab es bereits zwei Bearbeitungen des gleichen Stoffes von italienischen Komponisten, die man in Prag kannte. Wie zu Zeiten Michelangelos, als die Bürger von Florenz die neuen Kunstwerke auf dem Forum begutachteten – den David, den Herkules, den Perseus, den Brunnen-Neptun vor dem Palazzo Vecchio (Ammanato, Ammanato, che bel marmo hai rovinato! – Ammanato, was für einen schönen Marmor hast du verpfuscht!) – konnten die Prager die musikalischen Leistungen ihrer Zeitgenossen vergleichen und beurteilen. Im Unterschied zu Wien brauchte Mozart hier nichts zu erklären.

Hundert Jahre später erging es Janáček ähnlich, nur war diesmal Prag die Hauptstadt, die von ihm nichts wissen wollte, und Brno die Provinz, wo er verstanden und geliebt wurde.

Ich sitze in diesem Mozartschen Opernhaus und höre den Mähren, der in Brno besser gespielt wird, und wenn in Prag, dann im Nationaltheater, wie die anderen tschechischen Opern, nicht in diesem feinen, weltoffenen Haus, wo lauter Japaner, Deutsche, Franzosen, Italiener und Amerikaner sitzen.

Nach dem Krieg wurde das Gebäude in »Tyl-Theater« umbenannt, nach Josef Kajetán Tyl, in dessen Posse »Fidlovačka« zum ersten Mal die Nationalhymne »Wo ist meine Heimat« erklang; symptomatischerweise als Gesang eines blinden Geigers.

Seit 1989 heißt es wieder Ständetheater. Die Rückumbenennungen gehen weiter.

»Die Sache Makropulos« ist ins Ständetheater verlegt worden, da das Nationaltheater nach langjährigem Restaurieren wieder geschlossen ist, aus technischen Gründen. *Z technických důvodů* – diese Erklärung begleitet mich seit meiner Kindheit. Aus technischen Gründen gab es schon kein Wasser, keine Milch, kein Brot, kein Licht, keine Bahn, kein Kino, kein Theater; das Pappschild hing an Türen, hinter denen man keine Technik vermuten würde, an Garagen, Depots, Altpapiersammlungen, Bibliotheken. Am schmerzhaftesten waren die geschlossenen Kinos. Häufiger war nur die Mitteilung *komme gleich*.

Die Nachmittagsvorstellung von Janáček ist nicht ganz ausverkauft, anders als der »Don Giovanni«, mit einem pastos sinnlichen Ukrainer in der Hauptrolle, der ohne Wechsel seit drei Jahren nachmittags und abends singt, hochgewachsen, mit nacktem Oberkörper die Frauen an sich drückt – die Inszenierung entbehrt nicht einer gewissen Authentizität, auch in der stimmlich angedeuteten Impotenz von Don Ottavio und der Hysterie der Donna Anna; nur die komplexe Figur der Donna Elvira ist ins deftig Komödiantische verzerrt. Am genauesten das Zusammenspiel von Leporello und Don Giovanni. Die Sänger haben inzwischen gelernt sich zu bewegen.

»Die Sache Makropulos«.

Auf der Bühne steht eine große Uhr, auf der ein Trommler als Totengerippe die Stunde schlägt. *Vulnerant omnes, ultima necat*. Alle verletzen, die letzte tötet. Das Licht im Hintergrund geht an, Regale mit Ordnern, verstaubte Faszikel – Advokatenkanzlei. Dann wird telefoniert.

Čapek hatte Janáček abgeraten, er empfand sein eigenes Drama als unpoetisch, ein Konversationsstück, für eine Vertonung nicht geeignet.

Janáček sah die Tragik der Hauptgestalt und die dramatischen Möglichkeiten des Stoffes. Er hat die Dialoge übernommen, den polemischen Schluß gestrichen und die Lebensbeichte der Emilia Marty/Elina Makropulos zu einem kathartischen Finale zusammengedrängt.

Die dreihundertjährige Sängerin kommt nach einem Menschenalter nach Prag zurück, um das Rezept des Lebenselixiers, das ihr Vater für Rudolf II. hergestellt und auf Geheiß des Kaisers an ihr ausprobiert hatte, wieder zu finden. Sie spürt, daß sie zu altern beginnt.

Sie betört alle, ohne beteiligt zu sein; einer tötet sich ihretwegen. Als Gregor, ihr Urenkel, droht, sie umzubringen, wenn sie ihn nicht lieben würde, zeigt sie ihm eine Narbe am Hals. »Da wollte mich auch einer töten, und ich werde mich hier nicht vor dir ausziehen, damit du siehst, wieviele Andenken ich von euch habe! Bin ich denn nur da, damit ihr mich alle tötet?« Sie schläft ein und schnarcht, während er ihr seine Liebe erklärt, trinkt, schimpft die Zofe wegen herausgerissener Haare aus bei der Nachricht, daß der junge Janek sich ihretwegen das Leben genommen hat, macht üble Witze.

»Mein Lieber, ich bin schon lange, lange keine Dame. Ich kümmere mich den Teufel um meine Brut. Weiß ich denn, wieviele Tausend meiner Trabanten auf der Welt herumlaufen!«

Gegen Ende, von allen gehetzt, als Canaille, Diebin, Betrügerin beschimpft, fühlt sie den Tod nahe. »Ihr seid alle da, nur Sachen und Schatten. Wenn ihr wüßtet, wie leicht ihr lebt! Ihr glaubt an die Menschheit, an Größe, an Liebe! Aber in mir ist das Leben stehengeblieben! Und kann nicht weiter. Die schreckliche Einsamkeit! Es verdrießt das Gutsein, es verdrießt die Bosheit! Langweilig die Erde, langweilig der Himmel! Und der Mensch erkennt, daß in ihm die Seele gestorben ist. Pater hemon!«

Čapek hatte eine »Komödie« geschrieben; Janáček hat aus dem Stoff eine der großen tragischen Frauengestalten geschaffen. Ihr Schlußgesang erinnert an Isolde. Beide vollziehen ihr Schicksal; beide nahmen einen Trank, der ihr Leben verändert hat. Isolde wollte sterben, Elina Makropulos war nur gehorsame Tochter. Nach einer Woche in Krämpfen und Ohnmacht erwachte sie aus dem Experiment ihres Vaters und war unsterblich. Probiere es an deiner Tochter aus!, hatte der Kaiser befohlen. Da war sie sechzehn.

Seit dreihundert Jahren wandelt sie durch die Welt, die Tochter des Medicus Hieronymos Makropulos, *iatros kaisaros Rodolfu,* als Ellian Mac Gregor, Elsa Miller, Ekaterina Myškina, Eugenia Montez, Emilia Marty. Sie wechselt Länder, Sprachen, Namen, nur die Initialen E. M. bleiben, und ihr Beruf: Sängerin. Zuletzt, als Emilia Marty, ist sie 337 Jahre alt.

Es gibt mehrere Gründe, warum sie mir nahe ist.

Dreihundert Jahre zu lang auf der Welt, ermüdet. Die Liebesnacht mit ihr ist für den Mann voll

Entsetzen und Schauer. Kalt wie ein Leichnam, sagt er. Sie bekommt das Rezept, erneuert aber das Elixier in ihren Adern nicht, sie will nicht mehr.

Die Musik ist so, als wäre das Drama für die Oper geschrieben. Dabei ist die Szenerie höchst undramatisch: Aktenordner, Hintereingang zur Bühne, ein Hotelzimmer.

Prozeßakten werden gewälzt, Besitzverhältnisse erläutert, telefonisch Auskünfte eingeholt; Figuren wie der Solizitator, der Advokat, die Aufräumefrau, der Maschinist treten auf. Sprechgesang, Parlando, Rezitative. Dazwischen die Spannung der Marty, mit ihrem Geheimnis, ihrer Ungeduld. Die Irritation, die Ausstrahlung geht von ihr aus. Sie bündelt die Energie der um sie Kreisenden, stiftet zu Verbrechen an, ohne es zu merken.

Janáčeks vorletzte Oper, die einzige, die auf Folklore gänzlich verzichtet, auf seine mährischen Betörungen; schroff, unkantabel.

Das Vorspiel wuchtig rasend, Stakkato der Bässe, dazwischen schrille kurzatmige Pfiffe, rudolfinische Fanfaren, dann das Motiv einer Landschaft, von solcher Lieblichkeit und Wärme, daß es im Herzen wehtut. Makropulos war Griechin; was da erklingt, ist Mähren. Erinnerung an eine glückliche Kindheit, mit ihren Träumen, ihrer Zutraulichkeit und Neugier aufs Leben. Das Finale: Abschied, Hinnahme des menschlichen Schicksals, des Todes. Keine Hetze mehr.

Keine Arie, kein Duett. Auch meine Figuren sind allein, tanzen für sich.

Ich gehe benommen, vielleicht die einzige hier, die die Oper so genau kennt, daß sie mich aufwühlt: die Geschichte einer Dreihundertjährigen, die nicht sterben kann, nur langsam altert, wie die Cumäische Sibylle. *... und immer wenn Jungen sie fragten: ›Was wünschst Du, Sibylle?‹, antwortete sie: ›Ich wünsche zu sterben.‹* Kein Komponist hat Dissonantes an den Grenzen der Tonalität so eng mit Melodik, mit Leidenschaft verbunden. In der Volksoper Wien wurde die Handlung vor der Aufführung vom Dirigenten im Foyer erklärt; nach siebzig Jahren immer noch zu schwierig.

Janáček selbst war über siebzig, als er »Die Sache Makropulos« 1925 beendet hatte. Seine Unsterblichkeit war bereits beschlossen.

6.

Draußen schneit es, ich überlege, ob die Makropulos zumindest an Schnee Freude hatte; auch für eine dreihundertjährige Griechin nichts Alltägliches. Jetzt wäre sie siebzig Jahre älter, vierhundertsieben. Und es gibt immer weniger Schnee.

Ich höre meinen Namen. Leonora Marty würde hier keiner sagen, niemand, der mich von früher kennt.

Der Mann müßte jünger sein als ich, er steht am Seiteneingang des Theaters neben der Mozart-Tafel und sieht mich an. »Haben Sie sich erkannt?«

Er kommt mir reichlich frech vor. In der Pause in der Cafeteria starrte er, nickte auch hinter seinem Glas, *Leporello Mix* und *Don Giovanni Cocktail* – eins giftig grün, das andere sirupartig rot, mit Zuckerkruste und Zitronenscheibe – und das zu Janáček. Er trank wohl beides, grinste. Das tut er auch jetzt. Die zwei eleganten Japanerinnen vom diplomatischen Corps kommen kichernd heraus, warum lachen Japanerinnen nie laut? Das Auto fährt vor, obwohl hier durchgehend Fußgängerzone ist, sie steigen wie selbstverständlich ein.

Ich erinnere mich, er stand auch an der Garderobe, als ich meinen Mantel aus der Menge zog, beim Anziehen kann ich schnell sein, Hauptsache aus dem Gedränge, der fatalen Mischung von Parfums und Körperausdünstungen, dem Anspruchsgerede des Publikums hinaus.

»Ich habe Sie in dem Stück zweimal gesehen.« Er hat einen leichten Akzent, weich, die langen Vokale kürzer, neben dem gedehnten harten Prager Tschechisch fast wie bei einem Mähren.

»Sind Sie aus Deutschland?«

»Ich wohne seit einem halben Jahr in Prag.«

»Ja, dann auf Wiedersehen.« Neben den dreißigtausend Amerikanern siedeln sich hier bei der Wohnungsnot jetzt auch noch die Deutschen an. Außerdem bin ich nicht darauf gefaßt, daß mich hier jemand aus Deutschland kennt.

Er läßt sich durch meine Miene nicht irritieren. »Wo war es? Das erste Mal in Kassel, dann in Frankreich.«

»In Aix?« – immerhin spricht er tschechisch.

»Nein, in Straßburg.« Wie um den Treffer zu betonen, wirft er einen Schneeball gegen ein Straßenschild, legt sich in den Wurf, das Halteverbot scheppert, leicht eingedellt.

»Handballer sind Schlächter«, sage ich. Den Satz habe ich irgendwo gehört.

»Wasserball«, korrigiert er. »Übrigens, in Podolí habe ich Sie auch gesehen. Gehen Sie oft schwimmen?«

Er wird mir unheimlich. »Sind Sie sicher?«

»Ich erkenne Ihre Beine. Nur angezogen sehe ich Sie heute zum ersten Mal.«

Ich würde ihn ausweisen. »Sind das nicht ein bißchen zu viele Zufälle?«

»Es sind keine Zufälle, nach Straßburg bin ich extra gefahren.«

»Interessieren Sie sich fürs Ballett?«

»Überhaupt nicht«, er sieht mich an. »Ich bin nur in einer Institution ...«

Ich gehe. Ich bin nicht nach Prag gekommen, um mich hier mit Ausländern zu unterhalten. Ich bin auf meine »Landsleute« neugierig, die wiederum von mir nichts wissen wollen. Er geht weiter neben mir, als wäre alles in Ordnung.

Auf dem Altstädter Ring ist Weihnachtsmarkt. Buden mit Würstchen, Bier, Grog, Zuckerwatte, Popcorn, Pizza, Crèpes, die Namen schwappen herüber, es schmeckt auch hier nicht besser.

Ich sehe einen Stand mit Kartoffelpuffern, bramboráky, ich probiere ein Stück, sie sind aus Pulver, fad, kleben am Gaumen, früher waren sie aus geriebenen Kartoffeln, mit Zwiebeln, Majoran und Kümmel. Der Glühwein ist sauer.

Er zwingt mir eine *Becherovka* auf, das beruhigt den Magen, sagt er. Ich hatte schon beinah vergessen, warum ich es nie trank. Er selbst ißt mit Appetit: eine Klobase mit Senf und Brot, dazu Bier; fragt, ob ich Zuckerwatte möchte oder Popcorn, kauft geröstete Mandeln und einen gebratenen Apfel am Spieß, trinkt einen »Altvater«, ist offensichtlich guter Laune, während ich immer gereizter, immer ungeduldiger werde.

Er versucht mich mit Janáček abzulenken. »Tschechisch müßte eine vierte Musiksprache sein«, meint er, »zumindest in diesem Jahrhundert in der Oper.«

»Welche sind die anderen?«, frage ich.

»Italienisch, Deutsch, Französisch.«

»Wieso erst an vierter Stelle?«

»Ja, ich weiß, wie Sie über Janáček denken«, sagt er. »Ich habe die Interviews gelesen. Wenn man bedenkt, daß er Zeitgenosse von Puccini war und ›Die Sache Makropulos‹ zehn Jahre vor ›Lulu‹ entstanden ist. Nur weiß von seiner Modernität kaum jemand. In der Oper ist er in diesem Jahrhundert wahrscheinlich der Größte.«

»Sie haben sich vorbereitet.«

»Ich habe Theater- und Musikgeschichte studiert«, er verneigt sich. »Und wenn man sich vorstellt, daß es wohl überhaupt die erste tschechische Oper ist, in der telefoniert wird!«

Ich muß lachen. Für einen Deutschen ist er ziemlich witzig.

Die Umgebung gibt um so weniger Anlaß zu Freude. Zu laut, zu kalt, zu viele Leute. Münzen werden geprägt, Prager Groschen – unter Karl IV. eine europaweit begehrte Währung; neben einem Glutkessel führt ein Mann eine Liebesromanze vor, zwischen einer Frau und einem Mann, die auf seine nackten Beine gemalt sind, sie strecken sich zueinander, küssen sich, die Münder gedehnt oder geschrumpft, die Augen flattern und schließen sich in den Falten des Knies. Es sieht seltsam obszön aus, als würde man einer privaten Szene zusehen, und die Zuschauer honorieren es. Sein Hut ist voll, Touristen spenden Banknoten, die Einheimischen werfen Münzen. Anderswo spielen Puppen, ein zappeliger Geiger hält mit der rasenden Musik aus dem Recorder das Tempo, knickt in den Gliedern, schwebt. Bunte Fäden werden ins Haar geflochten, Porträts gezeichnet, trotz der Kälte und mangelndem Licht. Pantomime, Akrobatik, Zauberer – die früher so nüchterne Bevölkerung hat sich über Nacht in ein Volk von Gauklern verwandelt, mittelalterliche Joker, gealterte Happeningkünstler mit rot/grün bemalten Gesichtern und einem Ring im Ohr stellen vergoldete Gartenzwerge und Staatsmänner aus, die niemanden mehr schockieren, daneben die »Neuen Zornigen« mit Sicherheitsnadeln in den Augenbrauen und die »Hartnäckigen«, die hier einen Haufen Pflastersteine installiert haben, umstellt von Kerzen, mit dem Titel »Widerstand«. Eine Jugendgruppe singt Weihnachtslieder und abwechselnd Protestsongs – Erinnerung an die »samtene Revolution«, und die Zuhörer singen bewegt mit und klatschen.

Den größten Touristenzulauf hat eine Zigeunerkapelle mit bunt gekleideten Tänzerinnen; sie sehen anders aus als die Mädchen in den Passagen auf dem Wenzelsplatz, von Zuhältern bewacht, die auch erst nach der Wende aufgetaucht sind.

Ich denke an die jungen Inuit in Ostgrönland,

die mit der gleichen Sicherheit zur Musik aus einem knackenden Lautsprecher, mitten im Müll – keine Erde zum Zuschütten – in ihrer provisorischen Schuppendisco in Sermiligaq tanzten: ohne Zierat, keine Folklore, keine überflüssigen Gesten. Wie der Kleistsche Bär: ohne Eleganz, aber es stimmte.

In den Arkaden um den Platz haben Frauen aus der Slowakei ihre Ware ausgelegt, Weihnachtsschmuck, wie zu Ostern ihre bemalten Eier, geflochtenen Ruten und Holzrasseln. Sie sitzen da in ihren breiten Röcken, eingemummt in schwarze Wolltücher mit Fransen, und wärmen sich mit Tee aus Thermosflaschen. Bei spärlichem Licht flechten sie kleine Sterne zum Aufhängen und Baumketten aus Stroh, schnitzen Holzfiguren, Tiere für den Stall, im Lärm und Gedränge kaum beachtet.

Ich kaufe von einer alten Frau – so wünschte ich mir einmal meine Großmutter – eine Glocke aus Stroh und hänge sie mir auf den Mantelknopf. Ich sehe nicht aus, als hätte ich zu Hause einen Weihnachtsbaum. Warte, Mäderl, sagt sie, hier ist etwas gegen die Kälte. Sie greift hinter sich, holt eine Flasche hervor und gießt mir ein. Auf die Courage und auf viele Kinder!

Ich verschlucke mich beinahe, aber mein Begleiter klopft mir geistesgegenwärtig auf den Rücken, trinkt den Rest wie selbstverständlich aus und fragt, ob man davon eine Flasche kaufen könnte. Das wird die Tante Hroznová haben, sagt die Oma und ruft eine junge Bäuerin, die nicht nur Selbstgebrannten hat, auch Käse, geräuchert, in einem Zopf geflochten, salzig, die Konsistenz aber mag ich. Ich kaufe einen Zopf und von der Nachbarin noch ein Paar Lammfellhandschuhe, an meinen gehen die Nähte auf, der Mann kauft ein Paar gestickte Fellpantoffeln. Sie müssen in die Slowakei kommen, sagt die schöne alte Frau, es wird Ihnen bei uns gefallen. Ich weiß, sage ich, ich war als Kind in Levoča. Es gab dort Bienen.

Wir gehen. Die Basarstimmung setzt sich in den Nebenstraßen fort, die Geschäfte sind offen, überwiegend Wechselstuben und Souvenirläden, Glas, Porzellan, Plastik – riesige Zwerge und Kunststoffplüschtiere, von Vietnamesen auf der Straße feilgeboten, neben sowjetischem Plunder der Russen, Ukrainer und Kasachen. Die Gasthäuser um den Platz sind voll von Touristen, die lärmen und um jeden Preis heiter sein wollen. Die Uhr schlägt sieben. Die Apostel gehen um, der Hahn kräht, der Tod reißt das Seil. *Ultima necat.*

Mir dreht sich der Kopf, der Sliwowitz wäre in Geschäften verboten, zu rein, zu stark, er riecht und schmeckt nach Zwetschgen, aber nicht nur. Der Mann stört mich kaum noch, zumal er auch nicht mehr gerade gehen kann und endlich den Mund hält. Die Flasche wird zusehends leer.

Wir kommen zum Palach-Platz; nach dem Krieg hieß er zwanzig Jahre lang »Platz der Rotarmisten«, zu Ehren der gefallenen sowjetischen

Soldaten, die hier noch am 9. Mai 1945 gegen die abrückenden Deutschen eingesetzt wurden. Im Januar 1969 wurde er für kurze Zeit spontan in Jan-Palach-Platz umbenannt, bis der frühere Name für weitere zwanzig Jahre durchgesetzt wurde. Jetzt ist der Name Jan Palach offiziell, ohne Risiko, ohne Anspannung und Verpflichtung zur Erinnerung – sie wurde von den Schildern übernommen. Es gibt kein kollektives Gedächtnis auf die Dauer, nur das kollektive Vergessen.

Am Kai hinter dem Rudolfinum spielt eine Gruppe; ein älteres Paar, der Mann spielt Geige, die Frau singt – gutturaler russischer Frauengesang, dazu ein junger Mann, vielleicht der Sohn, spielt Balalajka. Der Kreis der Zuhörer ist klein. Es ist seltsam, daß sie ausgerechnet hier spielen und russisch singen, die Stelle ist wegen Bauarbeiten an der Mánes-Brücke schwer zugänglich. Als wollten sie gar nicht stärker beachtet werden und würden eigentlich für sich spielen. Es sind jüdische Lieder. Što to rostjet bez korenja, što to grejet bez plamena, ... dann das Lied vom Kalb, das auf den Markt gebracht wird. Der Junge legt die Balalajka weg und fängt an zu tanzen, auf ihre Folklore sind wir immer reingefallen, dann springt er aufs Geländer, macht einen Handstand, die Leute klatschen, singen mit, Münzen fliegen.

Ein Tänzer unserer Gruppe, ein Pole, ist in Nancy von einem 60 Meter hohen Kran beim *Bungee* auf dem Place Stanislas gesprungen. Oben nackt, mit heller Haut, mit hervortretenden Rippen, wie gekreuzigt. Er pendelte mehrere Male über dem Platz und entfaltete dabei eine polnische und eine französische Fahne, aneinandergenäht, die er aus der Hosentasche gezogen hatte, als Erinnerung an den ehemaligen polnischen König und lothringischen Herzog Stanislas Leszczinski. Sein tunesischer Freund im engen Trikot mit der Aufschrift *Vive la Pologne! Vive la France!* ging mit einem Hut vor dem Denkmal des Herzogs herum und sammelte von den begeisterten und verwirrten Bürgern von Nancy Geld. Später verließen beide das Ensemble; das Bungee-Springen machte vielleicht mehr Spaß.

Der junge Russe springt vom Geländer herunter, ohne Fahne, schon dafür spende ich gern, er verneigt sich, die Familie zieht weiter und die Zuschauer mit, fröhlich aufgelöst. Ich klatsche und tanze vor mich hin, Dona dona dona doonaj!, mein Begleiter geht auf den Händen, sieht dabei ein wenig wie ein Bär aus, eine Privatvorstellung für mich. »Noch das Geländer!« lache ich.

Und er stemmt sich wirklich hoch, tut ein paar »Schritte«, das Geländer macht einen Bogen, wo die Treppen hinabführen. »Es ist noch nicht alles!«, ruft er mit dem Kopf nach unten und nimmt die Kurve. Trainiert federt er auf die Treppe zu, sein Haar hängt herunter, es sieht komisch aus, ich fange an, mich an ihn zu gewöhnen, bisher war ich hier selten fröhlich.

Nur ist er gerade verschwunden.

Ich beuge mich über das Geländer. Oben blenden die Lampen, unten ist nichts zu sehen. Ich komme zu der Treppe und stiere in die Dunkelheit. »Hallo, wo sind Sie?« Ich kenne nicht einmal seinen Namen. Ich habe den Eindruck, daß ich von unten etwas höre. Ich will hinunterlaufen, als ich ausrutsche und mit ziemlicher Geschwindigkeit die Treppe hinuntersause. Ich mache mich auf einen harten Aufprall gefaßt, statt dessen bin ich plötzlich im Wasser, spüre es in der Nase, so eisig, daß es weh tut. Ich versuche automatisch zu schwimmen, die schweren Kleider ziehen mich nach unten, ich taste nach dem Boden, und als ich mich endlich aufrichte, bewegt sich etwas neben mir. Der Mann ragt aus dem Wasser. »Willkommen in der Moldau«, sagt er.

Ich sehe ihn an. »Wie heißen Sie überhaupt?«

»Ich dachte, Sie kennen mich.«

»Was?«

Er lacht oder was das Bibbern bedeuten mag. »Ich würde Ihnen meine Visitenkarte ...«, er tastet seinen triefenden Mantel ab. »Asperger. Thomas Asperger. Sie würden sicher Tomáš sagen.«

»Ich würde sicher Asperger sagen, wenn überhaupt. Außerdem ist das alles Ihre Schuld!«

»Wieso meine Schuld, wer hat gesagt ›geh aufs Geländer‹?«

»Ich sagte nicht ›geh aufs Geländer‹. Ich sagte ›noch das Geländer‹.«

»Das ist dasselbe.«

»Ich konnte nicht wissen, daß Sie es wirklich

tun! Ich habe Ihnen auch nicht gesagt, daß Sie noch in den Bogen gehen sollen!«

»Ich wollte an der Treppe abspringen, ziemlich rutschig«, er sieht hoch.

Wir latschen aus der Grube.

»Und wieso ist hier überhaupt Wasser?«, ich sehe mich um. »Wieso ist hier ausgebaggert? Hier sollte Pflaster sein!«

»Na, ich weiß nicht, ob es besser wäre«, er humpelt über einen Haufen gefrorenen Schotter.

Die Baugrube ist gekennzeichnet, die Absperrstreifen leuchten sogar. »Ein bißchen spät«, murmelt er.

Wir sehen jetzt alles deutlich. Man kann sich an die Dunkelheit gewöhnen, zumal sich die Lichter von der Straße im Fluß spiegeln. Die Treppe ist vereist, eine glatte schiefe Ebene, über die kommen wir nicht wieder hoch. Wann habe ich zum letzten Mal in der Moldau gebadet? Ich sehe den Eisrand, wo wir nicht eingebrochen sind. Und wann bin ich auf der Moldau zum letzten Mal Schlittschuh gelaufen?

Wir suchen die nächste Treppe. Eine ist zugebrettert, die andere mit einer Kette gesperrt, auch nicht gestreut, aber in der Mitte ausgetreten. »Zugang auf eigene Gefahr«.

Es ist mühsam, in den nassen Kleidern die steilen Stufen hochzusteigen, das Wasser rinnt, bis oben hört es fast auf. Statt dessen wird es um die Hosenbeine leicht krustig.

Wir winken wie wild nach Taxis, es fahren aber

nur besetzte vorbei, keines hält an. Wir reden durcheinander, wechseln die Sprachen, eine Mischung aus Deutsch und Tschechisch, er will bei Tschechisch bleiben, aber ich werde ungeduldig und schreie deutsch, es geht schneller.

Er erinnert sich, daß er seine Tüte liegen ließ und geht die dreihundert Meter zu der ersten Treppe zurück. Wir trinken den Rest Slivovice. »Hier sind Ihre Handschuhe«, sagt er. »Und ich könnte die Pantoffeln anziehen. Eigentlich haben wir es hier ganz gemütlich. Wenn ich mir vorstelle, daß Sie mich retten wollten ...«

Ich höre, wie meine Zähne aufeinanderschlagen, und werde plötzlich wütend. Seine Witze gehen mir auf die Nerven. Er soll endlich verschwinden, mich in Ruhe lassen, überhaupt diese Stadt verlassen und die anderen mitnehmen. Vor allem die Ostdeutschen, die jetzt mit ihrer Westwährung größenwahnsinnig geworden sind und denken, sie können sich hier alles erlauben! Sie lassen ihre kaputten Kühlschränke und ihren Müll hinter der Grenze liegen, früher machten sie es zu Hause, jetzt kommen sie mit ihrem Abfall hierher. Die Wälder entlang der Grenze sind voll von ihrem Dreck!

»Es sind vor allem keine Wälder da«, sagt er. »Im Norden ...«

»Ich weiß, wie es im Norden aussieht!« Ich renne über die Brücke, wütend, daß immer noch kein Auto anhält, er mir nach.

»Schreien Sie weiter«, sagt er, »es hält warm.«

Ich beruhige mich etwas, sehe ihn an. »Wie heißen Sie noch mal?«

»Ich heiße noch mal Asperger.«

Ich grinse angestrengt. »Also Asperger, besorgen Sie endlich einen Transport!«

Er rennt zur Telefonzelle an der Ecke, sie ist kaputt. Ein Auto mit ausgelassenen Amerikanern hupt uns an, sie hängen aus den Fenstern mit ihren Baseballmützen, winken mit der Fahne, fahren weiter.

»Wenn sie hier schon so laut sind, sollten sie zumindest zu etwas gut sein und anhalten!«

»Sie würden am liebsten alle rausschmeißen, nicht? Die Deutschen, die Amerikaner.«

»Stimmt!«

»Die Tschechen auch?«

»Mitsamt ihrer samtenen Revolution und dem ganzen Kitsch!«

»Sie sind eine Rassistin«, er schüttelt den Kopf. »Aber wir reden hier, und inzwischen friert uns der Arsch ab.«

»Was?«

»Verzeihung, wir *plaudern* natürlich.«

Mein Gesicht ist so starr, daß es nicht einmal zu einer Grimasse reicht. Ich fange an zu husten, der Husten geht in einen Schüttelfrost über, der nicht mehr aufhört. Ich lehne mich an die Brüstung, die Knie unter mir geben nach.

»Nicht schlappmachen! Bleiben sie auf den Beinen!« Er rennt in die Fahrbahn und stürzt vor ein Taxi, das vorbeirast.

»Du Ochse, blöder!«, der Fahrer brüllt, erschrocken und offensichtlich erleichtert, daß nichts passiert ist. »Ich bin bestellt!«

»Da!«, Asperger steckt ihm einen nassen Hundertmarkschein vor die Nase und stopft mich hinein. Der Fahrer sieht unsere triefenden Kleider und will etwas sagen, aber Asperger sieht ihn an, als würde er sich sofort auf ihn stürzen, wenn er nicht gleich losfährt.

Ich bringe mit klappernden Zähnen die Adresse zuwege, danach weiß ich wenig. Ich sehe, wie mein rechter Fuß auf den Boden schlägt, rhythmisch, laut, ich kann es nicht abstellen. Neben dem Fuß wächst eine Pfütze, verbindet sich mit der von Asperger. Der Sitz unter uns saugt sich mit Wasser voll. Asperger hält mich fest, ich spüre, wie er zittert, das Sprechen fällt auch ihm schwer.

Ich bin zehn Jahre alt, bin gerade in der Stromovka, dem Baumgarten, ins Wasser gefallen, der Teich hatte nur eine dünne, beschneite Eisdecke. Mein Vater, Kommunist, zieht mich den Hügel hoch, versucht, mich in Trab zu halten. Vor der sowjetischen Botschaft wartet ein Wagen mit geöffneter Tür, der Fahrer blättert in einer Zeitung. »Genosse, mein Töchterchen ist auf dem Eis eingebrochen, sie muß sofort ins Bett!« Der Fahrer sträubt sich, der Attaché wird gleich kommen, es ist ein Dienstwagen, er hat seine Vorschriften. Der Vater hat diesen ängstlichen Bediensteten wirklich bewogen, uns mitzunehmen. Vor der Schranke in Dejvice sagte er, das reicht, wir laufen durch die Unterführung, und vielen Dank! Den Rest des Weges trug er mich auf dem Rücken. Die Pfütze, die ich in dem prächtigen Wagen hinterlassen hatte, war nicht kleiner als unsere gemeinsame jetzt, auch wenn mich der Vater die ganze Zeit auf dem Schoß hielt. Ich sehe den Militärattaché oder wie sie ihre KGB-Agenten nannten, wie er nach langem Warten ungeduldig im Plafond des *Zim* auf den Spitzendeckchen hinter zugezogenen Gardinen endlich Platz nimmt und dann mit nassem Hintern aussteigt.

Das war das erste Mal, daß mein Vater vor mir als Kommunist in Erscheinung trat. Sonst war er unauffällig, freundlich bis zur Blödigkeit, nicht sehr praktisch. Die Mitgliedschaft nahm er ernst. Wir durften nicht einmal ein Klavier haben, er verschenkte alles. Er nahm die Lehre vom kollektiven Eigentum wörtlich. Die Menschen lachten über ihn; sonst hatten sie eher Angst, er war ihnen unheimlich.

Kommunist war er bereits vor dem Krieg gewesen. Nach seinem freiwilligen Einsatz auf den Barrikaden begrüßte er wie Hunderttausende jubelnder Prager begeistert die sowjetischen Befreier. In den nächsten Tagen ging er mit den Soldaten durch die Straßen und zeigte ihnen die Stadt. Die Kinder nahm er mit, meine ältere Schwester war damals vier. Im Veitsdom trat ihr ein Hüne von einem Russen auf den Fuß, als er zur Decke hochschaute. Die Akustik ist entsprechend; noch während sie brüllte, hob der Riese sie auf die Schultern und trug sie dann den ganzen Tag durch die Stadt. Sie hielt sich an seinem Kopf fest, war größer als die anderen, genoß die Aussicht. Er roch nach Tabak und Maschinenöl, ein *Tankist*. Er hätte zu Hause auch zwei Töchterchen, Sascha und Vera. Und wie hieße sie? Marie. Ah, Marusja. Maschenka, pravilno, sehr schön. Er schaukelte sie in der schwindelerregenden Höhe seiner Schultern, sang dazu schön unverständlich, ein bißchen vertraut, und sie kreischte und krallte sich an seinen Haaren fest. Ihr Held. Das Ende des Kriegs war ein einziges Fest großer, toll riechender Männer. Die Frauen zu Hause waren dagegen wortkarg, abgemagert, sangen selten, in Männerkluft holten sie Wasser, beseitigten Schäden, besorgten den Alltag, dufteten bei weitem nicht so schön nach Weihnachten wie früher.

Nach dem Krieg leitete der Vater ein großes Textilgeschäft in Karlsbad, später in Prag kam der Abstieg, er wurde Stellvertreter eines jüngeren, nichttrinkenden Leiters, verkaufte im Souterrain Teppiche und Linoleum, die schweren Rollen schleppte er meist ohne Hilfe, beschwerte sich nie; starb allein.

Als meine Schwester klein war, ging er mit ihr im Krieg Kohle holen; sie konnte nicht mehr laufen, er setzte sie in den Sack und unterhielt sich mit ihr den ganzen Weg, und die Leute sahen sich um und wunderten sich, daß er zu einem Sack redet. Am Zahltag in Karlsbad kam er regelmäßig mit einer Kette Speckwürste um den Hals, und wir Kinder hängten uns an ihn und fraßen sie ihm vom Hals ab, die Katzen warteten, daß wir ihnen die Pellen zuwarfen, und die Mutter schimpfte – so gehst du *über* die Leute! Sieh dich an, wie du aussiehst! Wie ein *Schupák*! Dein letzter Anzug! –, und dann mußte sie lachen.

Von der Erinnerung wird mir warm.

Wir steigen aus, der Frost durchfährt mich wieder, ich kann die Schlüssel nicht aus der Manteltasche ziehen, das Schloß treffen, Asperger schließt endlich auf. Wir müssen warten, bis der Aufzug kommt, in den fünften Stock schaffen wir es mit den steifen Knien nicht. Die gleichen Schwierigkeiten an der Wohnungstür; er ist genauso mitgenommen wie ich, so blaue Lippen habe ich selten gesehen; er starrt auf meine und denkt wohl das gleiche.

In der Wohnung ist es kaum wärmer als auf der Straße, er orientiert sich sofort, schließt den Radiator an, dreht vergeblich an der Heizung, sieht das Plakat an der Wand. »Ich will Ihren Landsleuten nicht zu nahe treten, aber würde die *bedeutende Künstlerin* in ihrer Stadt nicht etwas besseres verdienen als dieses kalte Loch?«

Ich schüttele den Kopf. »Meine Landsleute wohnen oft noch schlechter. Außerdem wissen sie von der ›bedeutenden Künstlerin‹ nichts. Und überhaupt, lassen Sie meine Landsleute aus dem Spiel!« Das Schütteln bleibt.

Ich ziehe meine Sachen aus, die nassen Stiefel lassen sich nur mühsam abstreifen, und steige ungelenk in die Wanne, drehe die Dusche auf. Ich will nicht lange bleiben, er wartet auch, ich werde aber nicht warm, zumal die Hälfte des schwachen Wasserstrahls seitwärts spritzt, weil der Kopf der Dusche undicht ist. Ich werde lediglich etwas weniger steif. Ich ziehe den Vorhang auf, er steht vor der Wanne, nackt, zitternd, ich lasse das Wasser laufen. Ich wickele mich ins Badetuch ein und gehe ins Zimmer, suche nach trockenen Kleidern, auch für ihn. Im Schrank, der hier abgestellt ist, sind ein paar Hemden, Pullover, Socken, ein Trainingsanzug. Ich lege alles auf das Bett und versuche Tee zu kochen. Das Wasser aufzusetzen, den Stecker des Tauchsieders in die Steckdose zu drücken kostet Mühe, alles verlangsamt sich durch den Umstand, daß mich Wellen von Schüttelfrost durchlaufen und ich die Gegenstände kaum fassen kann; das Ziehen des Steckers ist genauso schwierig wie das Einstecken. Als ich endlich das kochende Wasser durch das Sieb gieße, bin ich ziemlich erschöpft und von der eigenen Leistung beeindruckt. Asperger steigt aus der Wanne, hier sollte längst eine Tür zwischen Küche und Bad sein, aber ich sehe den Vermieter nie, um ihn zu mahnen. »Im Zimmer ist etwas zum Anziehen«, ich reiche ihm ein trockenes Badetuch.

Er scheint auch nicht wärmer geworden zu sein. Als ich mit dem Tee komme, zieht er gerade seine Fellhausschuhe an. »Als hätte ich es geahnt!«, freut er sich zitternd.

Ich gieße ein.

»Haben Sie Rum? Zumindest Milch oder Zucker? Sagen Sie nicht, daß hier nichts zum Wärmen ist, bei dieser Kälte!« Er steht auf und sucht im Küchenschrank, den ich selten öffne, voll von verschütteten Gewürzen aus geplatzten morschen Papiertüten, verduftetem Kaffee und hart gewordenem Salz in offenen Gefäßen, Reste des hinterlassenen Haushalts des Vermieters. »Da haben wir alles!«, er bringt eine verstaubte Flasche ohne Etikett und eine verklebte Zuckerdose mit ein paar vergilbten Würfeln, pustet die vertrockneten Ameisen vom Boden mit dem Zuckerstaub weg – »diese kleinen roten habe ich auch!«, das Wiedersehen scheint ihn zu freuen, oder die Gemeinsamkeit – riecht an der Flasche. »Nach Rum sieht es nicht aus. Es ist etwas Bitteres. Fernet! Sie auch?«

»Nein«, ich krieche angezogen ins Bett, lehne mich an die Wand. »Da sind Decken«, ich zeige zum Schrank.

»Wir können Musik machen, tanzen, uns bewegen!«, sagt er.

Ich sehe auf, kann ihn nicht genau erkennen, er sieht unförmig aus, es kann an dem ausgeleierten Trainingsanzug liegen oder an meinem verschwommenen Blick. Meine Augen brennen. Ich lege mich hin, verkrieche mich unters Federbett, das Zittern hört nicht auf.

»Warten Sie«, er kommt herüber, rubbelt mir den Rücken ab, die Arme, die Beine, den Nacken; durch die Bewegung wird ihm wärmer.

Ich kann nicht sprechen. Ich drehe mich zur Seite, zittere weiter.

»Werden Sie bloß nicht krank«, er beugt sich über mich. »Ich liebe Sie nämlich.«

Ich tauche unter, warte, daß die Wellen des Schüttelfrosts abklingen, statt dessen werden sie stärker, lösen sich mit Hitzewellen ab.

»Aber das wissen Sie längst.«

»Hm«, sage ich, um nicht überrascht auszusehen, und rolle mich zusammen. Ich will nur schlafen.

Meine Mutter steht auf der Straße, den Anzug des Vaters über dem Arm, die Streifen von der Reinigung hängen am Ärmel und von der Hose herab, die Hosenbeine reichen fast bis zum Boden. Sieh dich an, wie du aussiehst. So düster. So unmädchenhaft. Andere Mädchen sind wie Funken. In deinem Alter haben sie schon Verantwortung, und du liest.

Sie haben Kinder.

Sie unterdrückt das Lachen. Dann schon lieber Bücher! Und komm nicht wieder so spät aus dem Kino. Hier hast du zehn Kronen.

Der Vater schüttelt den Kopf. Und ich dachte immer, sie wird klein und dick sein. Sie wird

Schwesterchen sein, Krankenschwester, wenn sie sich anstrengt.

Sie wird studieren, sagt die Mutter.

Sei nicht so düster!

Ich sehe in ihr dunkles, düsteres Gesicht. Ich bin wie sie, nur nicht so schön, und zwanzig Zentimeter größer.

Mach mir einen kleinen Kaffee, kafíčko, sagt der Vater. Sie wird Schwesterchen sein, klein und dicklich. Das Lispeln ist reizend, laß sie lachen, sie sind dumm.

Ein Schwesterchen. Kafíčko.

Sei nicht so düster. Geh mal an die frische Luft, unter Leute!

Klein und dicklich.

Schwesterchen.

Lächle.

Kafíčko.

Deshalb ist er allein gestorben.

Ich war schon weg. Sie war tot, und ich bin unter Leute gegangen.

Ich öffne die Augen.

Über mir hängen an der Leine getrocknete Banknoten, die tschechoslowakischen Hunderter, auch ein Gottwald darunter, ein paar Monate vor dem Rücktritt der Regierung noch herausgegeben, die scheußlichste und sinnloseste Währung, eingeschrumpft, die giftgrüne Farbe ausgeblichen und verschmiert. Die braunen Zehner sind vielleicht noch häßlicher, dafür aber kleiner. Die deutsche Währung hält auch hier die Farbe, das Wasserzeichen und der Silberstreifen sind gegen Licht deutlich auszumachen. Gauß mit einer Art Schlafmütze, wie zahnlos, Clara Schumann ins Biedermeierliche verharmlost, die Brüder Grimm erstarrt in seltsamem Braun-Violett; die alten Stiche waren schöner. Der österreichische Physik-Nobelpreisträger Schrödinger sieht verkniffen, verknittert aus, Mozart hat eine zu lange Nase; dem Hologramm auf dem neuen Fünftausender konnte das Wasser nichts anhaben. Freud guckt verstört von dem verschmutzten Fünfziger herunter.

Ich habe Durst.

Der Mann kommt näher. Er steht über mir, im dicken Pullover und einem Tuch um den Hals, er wirkt hier häuslicher als ich jemals. »Geldwäsche«, er deutet auf die Scheine. »Die linken gehören Ihnen. Sind Sie oft in Österreich?«

Ich schüttele den Kopf, ich will nicht sprechen, ich bin nicht sicher, daß ich es kann. Ich schlucke vorsichtig, ein seit der Kindheit vertrauter Schmerz durchsticht mich. Ein Abszeß, ich brauche Antibiotika. Leider spricht bei mir kaum noch etwas an. Tetrazyklin nach der Arbeit in einer Hopfenpflückenbrigade hat bei mir beinahe jede Wirkung zunichte gemacht. Ich bin resistent, nur nicht gegen Angina.

Er sieht mich besorgt, nachdenklich an. Versucht zu lächeln, wenn ich ihn ansehe. Ich kann mich nicht genau entsinnen, warum er da ist und was er hier eigentlich will.

Er kennt mein Gesicht offensichtlich ziemlich gut.

»Asperger«, sagt er. »Immer noch Asperger. Erinnern Sie sich? Mein Gott, ist es so schwer? Dann sagen Sie doch endlich Tomáš zu mir!«

Ich versuche zu grinsen. Das Gesicht ist nicht mehr so steif, aber es tut trotzdem weh. Ich fasse mir an den Hals.

»Ja, das hab ich mir gedacht. Das Kratzen habe ich auch. Hier sind Lutschtabletten und Tropfen. Mehr habe ich ohne Rezept nicht bekommen. Ich werde einen Arzt holen.«

Ich schüttele den Kopf.

»Gut, nicht jetzt. Aber später.«

Er stützt mich, während ich die bittere Flüssigkeit mühsam schlucke. »Und jetzt noch ein Aspirin und einen Schluck Tee. Brav«, er küßt mich wie selbstverständlich auf die Stirn und verschwindet in der Küche.

Ich lege mich wieder hin.

Ich sehe wie aus der Ferne, daß er pfeifend Werkzeug aus dem Schrank im Flur holt, an der Heizung rumpelt, dreht, etwas anzieht, durchpustet, rüttelt, das Wasser fängt an zu blubbern. »So, gleich wird es hier wärmer. Ich wollte nicht so viel Krach machen, solange Sie schliefen.

Wie lange? Zwei Tage.

Ich? Ich bleibe hier. Ich habe schon angerufen. Im Haus gibt's Telefon. Kennen Sie Frau Molnárová unter Ihnen? Sie kennt Sie. Hat Sie auf dem Plakat erkannt. Sie hat eine Katze ... Sie wollte Ihnen Suppe bringen.

Nein? Gut, ich sage ihr, daß Sie nicht schlucken können.«

Er legt mir die Hand auf die Stirn. »Eigentlich gehören Sie ins Krankenhaus. Nehmen Sie gleich noch ein Aspirin! Hier ist Saft. Und wenn das Fieber bis zum Abend nicht nachläßt ... Zeigen Sie Ihren Puls ... Was haben Sie gemacht?«

Ich zucke zusammen, als er den Finger berührt. Ich schüttele den Kopf. Ich will nicht sprechen. Was weiß er schon von Tristan auf Masada.

»Wenn es bis heute abend nicht besser wird, hole ich den Arzt! Ich muß jetzt weg, andere Kleider, etwas zum Essen holen. Kommen Sie hier allein zurecht?« Er hält sich offensichtlich für unersetzlich. Ich nicke.

»Brauchen Sie noch etwas? Wasser, Mineralwasser, ja. Und Saft. Da sind Ihre Kleider, schon weitgehend trocken«, er zeigt auf eine zweite Schnur und auf den Radiator. »Bleiben Sie aber im Bett. Ich komme so schnell ich kann.«

Er nimmt ein paar Banknoten von der Leine und geht.

Eine andere Landschaft, anderes Licht. Der Himmel weitet sich. Ein alter Mann steht über Destillen gebeugt, in den Kolben brodelt es, zischt, farbiger Rauch hüllt alles ein. Es ist mein Vater; ich kann ihn nicht erkennen, er sieht mich nicht an. Wo ist die Mutter? Hätte sie ihn ziehen lassen, weit weg von der Sonne Kretas, in die kalte, unfreundliche Stadt im Norden, hätte sie gar erlaubt, daß er die Tochter mitnahm? Was sie nie zugelassen hätte, daß er sein Gebräu an mir ausprobiert!

– Sie war immer brav. Gehorsam. Sie wird es tun.

– Sie wird studieren! Sie ist sprachbegabt. Sie kann tanzen!

– Probiere es an deiner Tochter aus!, hatte der Kaiser befohlen.

Gibt es etwas Verhängnisvolleres als gehorsame Väter?

Die Mutter war nicht da, in der schmalen Gasse aus grauem Stein, wo die Alchemisten aus ganz Europa sich drängten und ablösten, nur zum Schlafen. Die Laboratorien mit ihren Kesseln, Kolben, Tiegeln, Destillen waren unter der Burg, in den Kellern und aufgelassenen Verliesen; dort herrschten Unruhe, Delirien, chymische Hochzeiten, Martyrien der Elemente, in denen die Passion Christi angerufen wurde, König Schwefel mit Königin Quecksilber, Saturn mit Blei, die Farbe Schwarz, Melencolia, die schwarze Galle. Die fieberhafte, taumelnde Suche nach Glück, nach Gold, nach den mannigfachen Elixieren des Lebens, der ewigen Jugend, nach dem Stein der Weisen. Tagsüber Rivalen, in der Nacht verbunden durch Ungeziefer, Miasmen, Feuchtigkeit aus dem Bärengraben unter den Fenstern ihrer Puppenhäuser, durch den Blick auf den Hungerturm – als Mahnung, durch den Angstschweiß. Wenn es gut ging bei allem Pech, konnten sie sich eines Tages als Jahrmarktattraktion auf dem Altstädter Ring wiederfinden, in einer Holzbude, wo sie Salben, Hirschhornleim, Eisenvitriol und Kassiaöl anpriesen, wie der berühmte Geronimo Alessandro Scotta: heruntergekommen, aber am Leben. Es gab Kerker, den Hungerturm und – Henker, wenn des Kaisers Geduld an manchen Tagen riß. Einige fanden einen angemesseneren Abgang, wie der »Durchlauchtige Graf« Mamugna aus Famagusta, der Große Magier, der im goldenen Kleid am vergoldeten Galgen gehängt wurde und danach mit seinen zwei schwarzen luziferischen Doggen im Massengrab verscharrt wurde. Und Kelley – Magister Edward Kelley, Doktor der beiden Magien, der einflußreiche Günstling des Kaisers – wer ihn zum Feind hatte, blieb nicht lange. Es ging die Fama, er könne unsichtbar werden. Und so verschwand er eines Tages.

Der Vater kam in den Turm. – Wie sollte der Kaiser wissen, daß sein Elixier geglückt war?

Der ferne Vater: *Iatros Kaisaros Rodolfu.* Ich kümmerte mich um seine Wäsche, besorgte seine Kumpane, seine Maitressen. Sie wird ein Schwesterchen sein, brav, gehorsam. Er wollte temperamentvolle, wie die Mutter. – Sei nicht gehorsam, meine Tochter! Sie war schon tot. – Oder die ganz kühlen, unnahbaren. Brigitte Helm in »Metropolis«, die weibliche Maschine.

Als im Protektorat in Prager Kinos Ufa-Wochenschauen gezeigt wurden, kam es wiederholt zu lautstarken Protesten der Kinobesucher, bei denen auch eingesetzte Aufpasser und mahnende Dia-Projektionen vor Beginn der Vorstellungen nichts vermochten. Trotz Gefängnisstrafen – acht Tage pro erfaßte Person – und Androhung von Kinoschließungen hielten die antifaschistischen Aktionen und der Boykott der Ufa-Wochenschauen, in denen der deutsche Krieg verherrlicht wurde, an. Kinobesitzer schnitten provozierende Bildsequenzen heraus, gelegentlich kam es zur Zerstörung ganzer Filme. Andernfalls drohten die Besucher die Einrichtung zu demolieren; verlangten lautstark nach ihrer gewohnten Fox, Paramount und der einheimischen »Aktuality« und ließen sich nicht abschrecken.

– Den unbekannten Kinogängern.

Ich tauche auf und falle wieder hinab, die unzähligen Schlieren der Zeit erfassen mich, tragen, ziehen mich in den Schlaf einer Dreihundertjährigen, die notorisch ins Kino geht und triebhaft Straßenbahn fährt.

Die Zweiundzwanzig rast auf der freien Strecke zwischen Belvedere und Prager Burg, die schönste Straßenbahnstrecke, die ich kenne. Weiter die Stationen Brusnice, Pohořelec, Malovanka, Mariánka, Drinopol, Unter der Kastanie, Weißer Berg.

Sie hält nicht an, an dem Ort der barocken Niederlage, rast weiter, in die Vorgeschichte, in das Tal der Wilden Šárka, wo der mythologische Mädchenkrieg einen seiner blutigen Höhepunkte fand, als die Anführerin Vlasta die schöne Šárka zwischen den Felsen anbinden ließ, als Lockvogel für den kämpferischen Ctirad. Als er sie befreien wollte, stürzten sich die Frauen aus dem Hinterhalt auf ihn und seine Begleiter, töteten alle, brachten den Edelmann auf ihre Burg und stellten ihn aufs Rad geflochten auf den Zinnen aus, den Männern zur Warnung. Das hat Přemysl, den Witwer von Libuše, seit deren Tod Frauen an Achtung und Respekt so eingebüßt hatten, daß sie den Krieg den alltäglichen Demütigungen vorzogen, so aufgebracht, daß er mit einer großen Übermacht von Männern gegen sie lospreschte und den Aufstand niederschlug; keine wurde verschont. Die Mädchenburg – Děvín – wurde dem Erdboden gleichgemacht, auf daß kein Beleg existiere von der einstigen Macht und Wehrhaftigkeit der Frauen. Der Widerstand wurde ins Mythische abgeschoben.

Dreihundert oder dreitausend Jahre: das Tal weitet sich, die grauen Felsen werden hell, zu Sand, das Dickicht verschwindet, kein Grün mehr, Hitze. Die Zweiundzwanzig rast durch das glühende Tal der Königinnen: Sand in den Augen, in der Nase, in den Haaren, im Mund; knirschend zwischen den Zähnen, salzig bitter. Dazwischen Verwerfungen und Sanddünen, erstarrt im Windschatten, äolische Formungsruhe. Darunter, in der Tiefe artesischer Brunnen, fossiles Wasser. Ich habe einen langen Weg hinter mir: den Katzenfriedhof in Bubastis, die Pyramiden, die Sphinx, den zweiten Katzenfriedhof in Beni Hasan, dreihundert Kilometer nilaufwärts. Die Straßenbahn rattert weiter, auf Abu Simbel zu, weit im Süden, durch Nubien, vom ersten Katarakt in Assuan zum zweiten bei Wadi Halfa, zum dritten vor Kerma, zum vierten, wo einst Meroe und Nepata noch Ägyptens Hauptstädte waren, bis zum fünften und zum sechsten Katarakt im Sudan, dreitausend Kilometer stromaufwärts.

Die Hitze nimmt zu. Auf meinem Weg liegen Giseh, Memphis, Karnak, Luxor, Der el-Bahri. Ich bin Hatschepsut, Maatkarê Hatschepsut, von dem widderköpfigen Gott Chnum auf seiner Töpferscheibe modelliert, während der Gott Thot meine Entstehung schriftlich fixiert. Hatschepsut, zu Füßen von Amun-Re, dem König der Götter – sein besonderer Schützling. Ich trage die Doppelkrone, ich bin die Herrscherin von Ober- und Unterägypten. Mein Name ist in einen Felsen bei Assuan eingemeißelt, daneben der Name meines vertrauten Hofmeisters und Oberaufsehers Senenmut. Durch ihn ließ ich Holz aus dem Land von Nega holen, die Türkisminen von Sinai wieder öffnen, den Tempel der Hathor restaurieren. Meine Kähne, vollbeladen mit Edelholz und Granitquadern, landeten sicher in Theben.

Ich lasse neue Handelswege erschließen, Gewürze, Pantherfelle, Metalle und Edelsteine ins Land bringen – für die Toten und für die noch Lebenden, vergoldete Obelisken aufstellen und die heilige Barke bauen. Ich schicke eine Expedition über das Rote Meer in das sagenhafte Weihrauchland Punt, und die Schiffe kommen mit einunddreißig Weihrauchbäumen samt Muttererde zurück, die vor der Terrasse meines Tempels in Der el-Bahri eingegraben werden. Die Weihrauchkörner werden in Scheffeln abgemessen und in Gold aufgewogen; dazu Ebenholz, Elfenbein, Harz der Terebinthe, Pfeffer, wilde Tiere, Affen, Windhunde. Nur Tanzzwerge fehlen. Der Fürst von Punt hat eine dicke Frau. Ich bin Hatschepsut. Ich trinke aus dem Euter der Muttergottheit Hathor. Die große Königin. M. wie Maatkarê. Mein Totentempel, der »Erhabenste der Erhabenen«, ist vollendet. Nicht alle Kartuschen konnten zerstört werden.

Maatkarê, die Königin. Der Deckel des dritten Sarges schlägt über mir zu. Es hallt nach, die Druckwelle trägt den entfernten Schall zu mir hinunter. Die salbengetränkten Binden und Tücher pressen mich fest. Ich kann mich nicht bewegen. Innen bin ich hohl, die Eingeweide wurden durch die Öffnungen, durch den Mund und die Nase herausgezogen. Ich gebe keinen Laut von mir. Die Augen, ob ich sie schließe oder öffne – die gleiche Dunkelheit. Geräusche? Das Blut in den Ohren? Das Herz? Mein Herz liegt gebettet in einer Alabasterschale hinter einer vergoldeten Mauer neben dem Sarg, mit Lapislazuli, Obsidian, Saphiren, Perlen und Smaragden ausgelegt. Auf meinem Sarg liegen Blumengirlanden.

Meine Zunge? Ich taste im leeren Mund. Womit taste ich? Die Zähne sind da. Meine Augen habe ich. Es ist mühsam sie zu öffnen, die Tücher liegen fest an, die Nasenlöcher sind bedeckt wie der Mund. Es ist stickig. Womit atme ich? Habe ich eine Lunge? Sie ist herausgerissen, wie der Magen, die Leber, die Galle, die Nieren. Das Hirn? Entfernt. Durch die Nase. Ich habe keine Schmerzen. Ich bin leicht.

Schwer ist nur die goldene Maske auf meinem Gesicht, mit der königlichen Kobra und dem Geier auf der Stirn.

Ist das Ritual nach den höchsten Anordnungen erfolgt? Senenmut hätte darauf geachtet. Meine Töchter, wo ist meine kluge Nefrure? Sei nicht gehorsam, meine Tochter. Wurden nur kostbare Stoffe, Steine, Metalle verwendet? Sind meine Katzen bei mir? Dauerte die Einbalsamierung zwölf Tage?

Ich höre bereits, wie sie alles schleifen – die Bildnisse von den Wänden, die Statuen, meine Obelisken, die Inschriften, meine Kartuschen. Der Neffe hat es eilig.

Ich reiße mir die Decke vom Gesicht. Die Hitze hinter den Augen und hinter der Stirn hält an, nur das Atmen ist leichter. Ich trinke einen Schluck Wasser, dann falle ich zurück, schwebe auf der

Luftschicht der Zeit. Ich bin eine Mumie, ein Robot, ich bin Leni Riefenstahl. Ich bin jedes Fossil, auf Perfektion bedacht.

Für ihren Olympia-Film wurden von hundertfünfzig Kameraleuten fünfhundert Kilometer Material gedreht; allein die Durchsicht dauerte mehrere Wochen. Für Hitlers zweiten Parteitag ließ sie an einem Fahnenmast einen Aufzug für die Luftaufnahmen bauen; Hitler bekam eine eigene Kamera, die während der Auftritte um ihn kreiste und die günstigsten Einstellungen festhielt. Sie hatte es in der Hand, das Marionettenhafte, Gestellte des Spektakels zu zeigen. Statt dessen inszenierte sie mit, perfektionierte die Wirkung.

In ihren ersten Aufnahmen ist das Improvisierte, Laienhafte noch sichtbar: Hitler schreitet ziellos über den Rasen, dann genauso unmotiviert zurück, seine Aufpasser scheuchen die zu nahe Stehenden zur Seite. Von diesem ersten Film will sie nichts wissen, sie hatte nicht genug Material, konnte nicht schneiden; von der SA wurde sie beim Drehen behindert. Sie beschwert sich bei Hitler; er gibt Order. Der zweite Parteitag 1934 ist ein voller Erfolg. Sie wollte kein Dokument, sondern ein Kunstwerk schaffen. Das Wehen der Fahnen, das Wallen mächtiger Stoffbahnen mit riesigen Hakenkreuzen, dazu als Kontrast der Glanz polierter Stiefel im Gleichschritt beim Hinabschreiten von Stufen, die nur für die Filmzwecke aufgestellt wurden; Feuer, Fackeln, Obelisken. Und immer wieder der einsame Führer, unter dem Triumphbogen, auf der Tribüne, im offenen Wagen stehend; von hinten, im Halbprofil, gegen die Abendsonne, im optimalen Blickwinkel. Dazu die Sprechchöre der Arbeitsbataillone mit geschulterten Spaten und die unermüdlich jubelnde Masse.

Sie hätte auch für Stalin gedreht, sagt sie. Nicht gern, wie sie auch für Hitler nicht gern gedreht hatte, aber sie hätte gedreht.

Sie ist kein Parteimitglied. Politik interessiert sie nicht. Aber als die Deutschen in Paris einmarschieren, schickt sie ein begeistertes Glückwunschtelegramm an Hitler: Mein Führer!...

Es gibt einen Film aus den siebziger Jahren, der das Wesen des Filmemachers verdeutlicht: ein Reporter hat eine eingebaute Kamera im Auge und nimmt das Objekt – eine todkranke Frau in einem künftigen Staat der Jungen und Gesunden, auf: Tag und Nacht, jeden Augenblick, ohne ihr Wissen – als ihr Freund und Begleiter. Da sie sich auf der Flucht vor der Gesundheitsbehörde befindet und in Verstecken lebt, weiß sie nicht, daß jeder ihrer Schritte, die fortschreitenden Stadien ihrer Krankheit, ihr Sterben, täglich zur Hauptsendezeit landesweit ausgestrahlt werden. Der Mann ist ganz Auge. Er kann die Kamera gar nicht abstellen. Am Ende reißt er sich aus Scham das Auge heraus, wird blind.

Riefenstahl hätte die Kamera laufen lassen.

Sie war zäh. In den ersten Filmen, bevor sie selbst zu drehen begann, war sie Bergsteigerin,

Pilotin, Tänzerin. Dann entdeckte sie ihre eigentliche Begabung für das Filmemachen, Drehen, Schneiden. Nach den Nürnberger Prozessen bekam sie als Nazi-Sympathisantin Drehverbot. Wäre ich ein Mann, wäre mir nichts passiert, sagt sie.

Mit siebzig legte sie eine Taucherprüfung ab, dafür mußte sie sich auf dem Papier zwanzig Jahre jünger machen. Mit neunzig taucht sie und dreht Unterwasserfilme, mit einem jüngeren Mann, den sie für die Kamera ausgebildet hat.

In einer Dokumentation sitzt sie auf dem Bett ihres Sommerhauses, im kurzen Nachthemd, zeigt ihre neunzigjährigen Beine, schlank, glatt, gebräunt, und sieht sich kritisch die letzten Filmaufnahmen an. Neben ihr ihr alternder, vierzig Jahre jüngerer Mann. Noch ein Jahrzehnt, und er wird ihr zu alt sein.

Sie ist die erstaunlichste Frau in Deutschland in diesem Jahrhundert. Sie ist professionell. Sie würde die Kamera in jedem Fall laufen lassen.

Es friert mich.

Der Mann ist zurück, er versucht, leise zu sein. Ich beobachte ihn, er schielt zu mir, ich stelle mich tot, schlafend. Keine Hitze mehr, kein Wallen des Blutes. Monotones, langsames Fließen dünnen Bluts in bläulichen Adern, seit dreihundert Jahren.

Ich höre, wie er mit den Einkaufstüten in der Küchennische knistert, den Gasherd anstellt, Wasser aufsetzt, auf der Pfanne Eier aufschlägt; es zischt, bruzzelt – Schinkenspeck; er weiß nicht, daß ich nur Gemüse und Fisch esse. Soll ich ihn über die Diät einer Tänzerin belehren? Es riecht gut.

Ich öffne die Augen. Er steht über mir. »Ich weiß, daß Sie nicht mehr schlafen«, sagt er. »Im Schlaf knirschen Sie nämlich mit den Zähnen. Schön, daß Sie zurück sind.« Er berührt meine Schläfe. »Und das Fieber ist auch weg! Sagen Sie noch, daß Sie Hunger haben.«

»Ich habe Hunger.«

»Sie kann sprechen!« er küßt mir enthusiastisch die Hand, das sollte ihm nicht zur Gewohnheit werden. »Soll ich Ihnen das Essen ans Bett bringen?«

»Nein, ich stehe auf!« sage ich gereizt. Ich fühle mich verschwitzt, überall klebrig. »Wie lange habe ich geschlafen?«

»Lange. Heute ist es der fünfte Tag. Zwischendurch waren Sie wach, aber nicht ansprechbar. Sie waren ziemlich weit weg«, er sieht mich an.

»Der wievielte ist heute?«, frage ich.

»Ja, das weiß ich auch nicht«, sagt er. »Mit Ihnen ist es wie auf einer Insel, auf einer Quarantäneinsel – keine Berührung, kein Kontakt mit der übrigen Bevölkerung.«

»Und am Ende sind alle tot. Das Schiff der Toten.«

»Nur daß unser Schiff sicher in den Hafen eingelaufen ist und man uns von Bord gehen läßt.« Er sieht jung, zuversichtlich und verliebt aus.

Ich stelle mir vor, wie man den Abgang von einem Totenschiff als Tanz darstellt. Die Reling als Kulisse, vor der Fallreep ein pas de deux; nein, es müßten zwei Männer und eine Frau sein. *Pas de trois*. Verklärte Nacht. Und dann auf dem Wellentunnel ein Steptanz. Mister Bojangles.

Wenn in einer Oper zum erstenmal telefoniert wird, kann in einem Ballett zum erstenmal auf einem Wellentunnel getanzt werden. Ein Ozeandampfer, Damen in weißen, luftigen Anzügen beim Shuffleboard, wie Greta Garbo; Badende am Swimmingpool, beim Promenieren an Deck. Und plötzlich alle Liegestühle schräg, die Weingläser gleiten von den Tischplatten, das Wasser dringt durch die Öffnungen; ein Tanz auf der schiefen Ebene. Und dann die Rettung am Moldaukai.

Die vereisten Pflastersteine vor der Anlegebrücke; die Lampen von der Straße; die Möwen auf Schnüren über den Tanzenden; die Kutschen vom Altstädter Ring, mit den angetrunkenen Fahrern in ihren durchfetteten Melonen; die Zigeunerkapelle zur Begrüßung der geretteten Schiffbrüchigen; die nicht anhaltenden vorbeirasenden Taxis mit fröhlichen Amerikanern, die hier keine Scheu haben, ihre Fahne zu schwenken, in meinem Prag. Ist es überhaupt noch mein Prag? Es fehlt ein Brunnen; eine Fontäne, auch im Sommer fehlt sie an diesem Platz; ich brauche Kataklysmen bei meinem Finale, und Saxophon wie bei Ravel; Trompeten, Janáčeks Trompeten, und Pauken.

Wenn meine Geschichten schon nicht glücklich enden.

Ich stehe auf, schlage die Decke zurück und erstarre: auf dem Laken ist ein riesiger Blutfleck, an den Rändern eingetrocknet, desgleichen auf meiner Pyjamahose. Asperger pfeift gutgelaunt in der Küche, ich überlege fieberhaft, ob ich irgendwelche Vorräte zu Hause habe, zumindest Watte. Wie immer kommt das Bluten zu früh und unerwartet, zu stark, ein Blutverlust, der nicht so schnell wieder ausgeglichen wird; aber immer noch besser als die Panik, wenn es mal aussetzte. Während ich mich hier totstelle, dreihundert Jahre oder dreitausend, innen hohl, kümmert sich mein Körper gar nicht darum und tut, was er will.

Ich decke das Laken wieder zu, ziehe einen langen Pullover über den Pyjama und gehe ins Bad, ungelenk, die Haut auf den Beinen spannt, ich ziehe den Bauch, meine Muskeln zusammen, bemühe mich, keine Blutspur auf dem Boden zu hinterlassen. Asperger geht aus der Küche, damit ich mich im Bad ausziehen kann. Diese Wohnung hat ernsthafte Nachteile.

Ich sehe in den Spiegel. Ich habe entzündete Augen, und das Gesicht ist durch das lange Liegen und die Hitze aufgeweicht, aufgedunsen, es durchwurmt mich ein Krampf im Unterleib, ein vertrauter Schmerz. Gibt es keine zuverlässigere Möglichkeit, sich des eigenen Lebens zu vergewissern?

Ich dusche lange und umständlich, genieße den Seifenschaum auf der Haut, das Shampoo, die Wärme, das Plätschern des Wassers auf meinem Haar, meinem Mund, meinen geschlossenen Augen. Der Wasserdruck scheint stärker zu sein als vorher. Dann noch kalte Dusche; ich unterdrücke das gewohnte Kreischen, rubbele mich ab, das Handtuch ist voll Blutstreifen, ich weiche es im Eimer ein, zusammen mit der Pyjamahose, suche nach Watte. Es ist ein kleiner Rest da, es wird nicht einmal für eine halbe Stunde reichen. Ich ziehe mich an, suche noch im Flur, in der Tamponpackung im Schrank ist gerade noch eins. Asperger wartet auf mich, das Essen ist längst kalt. »Ich wußte nicht, daß Sie *so* gern duschen«, er lächelt enttäuscht, nimmt die Teller und trägt sie in die Küche, zündet den Herd wieder an. Während es auf der Pfanne zischt, spült er die Teller noch einmal ab. »Es sieht sonst nicht so gut aus«, sagt er.

In diesem Moment habe ich ihn gern.

»Möchten Sie vorher eine Suppe?«, fragt er. »Es gibt Tomatensuppe und Broccolisuppe«, er zeigt mir die Dosen.

»Vielleicht eine Tomatensuppe, später«, ich will ihn nicht wieder enttäuschen.

Wir essen seine Spiegeleier, Schinkenspeck

habe ich jahrelang nicht gegessen; ich lobe alles, er meint, es wäre zu trocken, weil es noch einmal auf die Pfanne mußte. Er trägt die Teller ab, bringt Käse, Rotwein, fragt, ob ich danach Kaffee und Kuchen möchte.

Beim Anblick des Rotweins fängt mein Mund an zu zucken. »Nein, danke, nur ein Stück Käse, ich muß schnell weg, mir etwas besorgen.«

»Sie denken doch nicht, daß ich Sie gehen lasse, mit dem nassen Haar und Ihrer Erkältung! Das kann ich Ihnen holen. Was brauchen Sie?«

»Ich möchte es mir selbst kaufen!« sage ich gereizt.

»Sie gehen hier nicht aus der Wohnung! Es sind mindestens minus zehn Grad draußen, und Sie haben gerade eine Lungenentzündung hinter sich. Noch nicht ganz!«

»Woher wollen Sie das wissen? Außerdem, wenn Sie nicht da wären, würde ich gehen.«

»Ich bin aber da!«

»Ich möchte wissen, warum!«

»Zum Beispiel damit ich Ihnen holen kann, was Sie brauchen! Wenn ich schon keinen Arzt rufen durfte. Das war schön unvernünftig, und riskant! Ich dachte schon . . .«

»Was?«

»Nichts. Am dritten Tag sah es schlimm aus. Ich stellte mir vor . . .«

»Was stellten Sie sich vor?«

»Nichts! Jedenfalls lasse ich Sie jetzt nicht hinausgehen!«

»Sie stellten sich vor, daß ich tot bin«, sage ich. »Was hätten Sie gemacht?«

»Weiß ich nicht! Blöde Frage!«, er sieht mich an. »Was brauchen Sie?«

»Ich brauche ... eine Seife.«

»Was?«

»Und Watte.«

»Ist das alles?«

»Ja, zwei Packungen.«

»Und deswegen stellen Sie sich hier an!«, er nimmt seinen Mantel und schmeißt die Tür hinter sich.

Ich ziehe das Laken ab und rubbele es im Bad mit dem Handtuch und der Pyjamahose, der wunde Finger behindert mich, auf dem Stoff bleibt ein blaßrosa Fleck, der sich weder mit Zitrone noch mit Salz beseitigen läßt; ich drücke das Laken noch einmal unter Wasser durch und lege es auf den Radiator, nehme die mittlere Matratze und schrubbe den Bezug. Unter dem kalten Wasser werden meine Finger steif, nicht ganz so wie vor fünf Tagen, als ich den Schlüssel nicht fassen konnte und Asperger aufschließen mußte. Ich lehne die Matratze an die Heizung, sie funktioniert wieder, und die Dusche hat er auch repariert. Wie heißt er mit Vornamen? – Thomas, Tomáš.

Ich lege seine drei Matratzen unter dem Fenster zusammen, die Bettwäsche kommt in den Schrank; mehr Häuslichkeit ist in der Enge nicht möglich. Ich mache ein paar Übungen, viel geht wegen der Bauchschmerzen nicht, und stelle das

Radio an. Die Wasserstände der böhmischen Wasserstraßen heute um sieben Uhr früh, danach die Wettervorhersage – die Welt existiert wieder.

Asperger öffnet die Tür, verschneit, bringt frische kalte Luft herein, der Schnee taut auf seinen Wimpern, er klopft seinen Mantel, seine Haare ab und reicht mir eine vollgepackte Tüte. »Ich hoffe, es ist das Richtige.«

Ich hole eine Seife und zwei Päckchen Watte heraus, darunter liegt eine Großpackung Tampax. Ich sehe ihn an.

»Ich habe eine leere Schachtel in der Mülltonne gesehen, *regular*, ist es richtig?«

»Ja, die Hälfte hätte genügt«, murmle ich.

»Na, ich weiß nicht«, er wirft einen Blick auf das ausgebreitete Laken und auf die Matratze. »Ich denke, es kann nicht schaden.«

»Was ist das?« Ich ziehe aus einer kleinen Tüte ein braunes Glas heraus.

»Magnesium. Ich war noch in der Apotheke. Wenn man so blaß und ausgeblutet aussieht, ist es nicht ganz falsch.«

»Hm, danke«, ich verstaue alles. »Übrigens sind es keine zehn Grad draußen, nur knapp unter Null!«

»Und die Kammlagen der Mittelgebirge?«, fragt er.

Ich muß lachen.

7.

In den nächsten Tagen bringt er anstelle der fehlenden Tür zwischen Küche und Bad einen Vorhang an, dazu holt er von irgendwo eine Bohrmaschine und macht ziemlich viel Lärm. Das Wort Dübel höre ich zum ersten Mal. Im Küchenschrank sind zwei neue Töpfe und eine gußeiserne Pfanne; ich hielt schon das bisherige Geschirr für überflüssig. Mittlerweile kennt er alle Läden in der Umgebung und ein Drittel der Hausbewohner; einige grüßen bereits.

Am Anfang schlug er vor, ich sollte in seine Wohnung ziehen, sie wäre größer, wärmer, komfortabler, inzwischen mag er es hier, vor allem die Straßenbahnstrecke nach Břevnov, er muß nicht einmal umsteigen, die Zweiundzwanzig fährt nach Vinohrady, wo er wohnt.

»Wissen Sie nicht, daß die Prager das Ufer ungern wechseln, wenn sie einmal im Leben umziehen? Es passiert eh nicht oft.«

Es wird jeden Tag gekocht, meist kalorienreich und »auf gut böhmisch«; genau die Küche, die ich schon immer nicht vertragen konnte. Es schmeckt erstaunlich gut. Ich nehme zu und fühle mich wohl.

»Und wo bleiben meine *frutti di mare*?«

»Ja, Hoheit, wir sind in Böhmen, ich weiß, für

Euch liegt Böhmen am Meer, aber für die Fischereiindustrie nicht ganz. Und die Calamari mögen es vielleicht wärmer. Und eben mehr Wasser.« Weihnachten ist vor der Tür.

Wir haben jeder unterschiedliche Vorstellungen, wie man sie feiert. Zu Weihnachten gibt es Karpfen, sage ich. Und zum Neujahr Gans.

Genau umgekehrt, behauptet er.

Da in der Wohnung auf einmal alles funktioniert, Schalter, Geräte, Glühbirnen heil sind, es gibt frische Blumen und nie dagewesene Vorräte an Kartoffeln, Gemüse, Öl, Gewürzen, wird es mir zu häuslich, zu wohlig, zu eng. Höchste Zeit, daß er geht. Meine Stimmungen und Sonderwünsche kontert er mit ruhiger Sicherheit. Ich versuche ihn aufs Glatteis zu führen.

»Wie wäre es mit deutscher Küche?«

»Schwäbische Maultaschen oder das Nationalgericht Bratkartoffeln?«, fragt er eilfertig.

Ich verziehe den Mund.

»Am besten Pichelsteiner Topf.«

»Gaah!«

»Wie wäre es mit Linsen?«

»Die Deutschen können keine Linsen machen«, sage ich. »Zu dick, zu fett, braun, ein undefinierbarer Brei. Die tschechischen Linsen sind grün, dünn, sauer, jede Linse extra.«

»Sie sind sogar in der Küche Chauvinistin«, sagt Asperger. »Ich habe mich doch nicht mit der deutschen Küche aufgedrängt! Sie müßten jeden

Tag Eintopf vorgesetzt bekommen, damit Sie wissen, wie hart das Leben sein kann.«

»Damit kann man mich noch mehr jagen als mit Schweinebraten, Sauerkraut und Knödeln! Und die Linsen mache ich selber! Haben wir Essig? Ihre Thüringer Blutwurst können Sie weglassen, Spiegeleier genügen, sind auch besser.« – Er bringt mich wirklich dazu, daß ich koche.

Dafür treibt er irgendwo doppeldottrige Eier auf, von glücklichen Hühnern, behauptet er.

»Glückliche Hühner kenne ich, die machen keine Experimente. Es gab immer nur ein Dotter, die braunen mag ich mehr, es liegt an der Farbe.«

»Kennen Sie Hühnerwerfen?« fragt er. »Das Huhn duckt sich, man faßt es unten an, das Gefieder ist seidig samten, rippig spröde, sie machen so schöne Geräusche, uuk ukuk uk!, man hebt es und wirft es über den Zaun. Und es flattert, tut sich schwer, dann erinnert es sich, daß es ein Vogel ist und fliegen kann, und mit aufgeregtem Gegacker landet es auf dem Boden, durch die Erinnerung ganz aufgewühlt und verwirrt. Und man schnappt es sich durch den Maschendraht noch einmal, das Huhn fliegt nicht fort, läuft nicht weg, läßt sich ungeschickt durch die Maschen heben, bis man es oben richtig fassen kann und wieder schmeißt, und es fliegt wieder und freut sich, aber am Anfang muß es sich erneut zieren, weil es ein so kurzes Gedächtnis hat, aber etwas ist von dem wonnigen Schauer geblieben, von der glorreichen Vergangenheit als Vogel. Ich mag die

Geräusche und die Farbe und wie sie zutraulich angelaufen kommen und picken und nicht an das Morgen denken. Nicht mal an die nächste Minute. Eben überhaupt nicht.«

»Sie sind schön, die braunen.«

»Nur die braunen? Haben Sie mal das Deutsche Reichshuhn gesehen?«

Ich muß lachen. »Wenn schon jedes Federvieh das Etikett ›deutsch‹ verpaßt bekommt – wie die ›deutsche Markenbutter‹, das habe ich sonst nirgendwo gesehen!«

»Das Deutsche Reichshuhn ist trotzdem in Ordnung«, sagt Asperger ernst, »hübscher sind nur die Welschen; bunt, klein, vorbildliche Brüter.«

»Wovon sprechen Sie eigentlich?«

»Ich war früher in einer WG in Krefeld«, sagt er.

»Wo?«

»In einer Wohngemeinschaft.«

»Das gibt's noch?«

»Ja. Ein mittelalterliches Haus, eigentlich eine Festung; Steinhaus. Nachts bekommt man als Gast eine Vase ans Bett, eine historische womöglich. Dicke Mauern. Wir hatten Hühner. Ich hatte mich freiwillig gemeldet, mich um sie zu kümmern. Sie liefen mir nach. Dann wurde beschlossen, sie müssen auch geschlachtet werden, wenn wir es ernst meinten. Ich sagte, ohne mich, es hat dann ein anderer versucht. Danach machte ich es lieber selber.«

»Warum überhaupt?«

»Weil sie sich vermehren und die Haltung es erfordert, das sind die Regeln.«

Ich sehe ihn an.

»Wenn sie ein bestimmtes Alter erreicht haben. Ich wollte es niemandem überlassen. Man muß sie auf den Rücken legen. Sie geraten in eine Starre, einen Stupor, dann geht es. Vorher, mein Vorgänger... ich hatte noch nie gesehen, daß ein Huhn ohne Kopf...«

»Lassen Sie das.«

»Jedenfalls war es besser so.«

»Ich weiß«, sage ich. »Bei uns mußte die Mutter die Karpfen töten. Sie konnte es. Der Vater – es war sein Leibgericht, er unterhielt sich mit ihnen im Bad beim Rasieren, warf ihnen Brot in die Badewanne – der schlug immer irgendwie daneben, es war jedesmal ein Blutbad. Man muß sie in ein nasses Küchentuch wickeln, damit sie nicht rutschen, und dann mit dem stumpfen Ende..., nein, die Mutter machte es mit dem Klöppel, mit dem Eisenklöppel vor die Stirn. Manchmal sprangen noch die portionierten Stücke in der Speisekammer vom Teller, einmal noch aus der Suppe, ganz kleine Stücke. Als Kind konnte ich es mir ansehen, die Schwimmblase, die Innereien, wir sollten bloß bei der Galle aufpassen. Grünlichgelb, ein winziger Beutel. Wenn der platzte, war alles umsonst, dann konnte man den Fisch wegwerfen. Und wenn man es nicht bemerkt hatte, war das Weihnachtsessen verdorben.«

»Wieso Weihnachtsessen«, sagt Asperger, »das

Silvesteressen war verdorben. Zu Weihnachten gibt es Gänsebraten.«

»Das hatten wir schon«, sage ich. »Verwechseln Sie es nicht ständig. Zu Weihnachten Karpfen, zum Neujahr Gans, es ist doch einfach.«

»Was machen wir also«, fragt er. »In einer Woche ist Weihnachten.«

»Nichts. In einer Woche bin ich nicht mehr da.«

»Was?«

Es klingelt. Die Nachbarin von unten fragt nach Eiern. Asperger holt sie aus dem Kühlschrank, ich wußte nicht einmal, daß noch welche da sind. Ich bin hier nie gefragt worden. Eigentlich fragt sie nicht mich, sondern Asperger. Eine freundliche alte Frau, sie sieht neugierig zu mir, entschuldigt sich mehrmals. Asperger hat von ihrer Wohnung aus ein paar mal telefoniert. Ich merke, daß mich diese nachbarschaftliche Vertrautheit freut, auch wenn sie nicht mir gilt. Er unterhält sich mit ihr darüber, daß wieder Wasser abgestellt werden soll und wann. Und daß unlängst der Strom ausgefallen ist. Da habe ich noch geschlafen. Ich versäume jede Zugehörigkeit, jede Gemeinschaft.

Hinter ihr kommt ihre Katze hereingeschlüpft, es ist die rote. Sie reibt sich an ihren Beinen, beschnuppert den Herd, die Stuhlbeine, inspiziert die Küche mit gehobenem Schwanz. Ich bücke mich, will sie streicheln, sie weicht mir aus, geht zu Asperger.

»Salo, komm her!«

»Wie heißt die Katze?«, frage ich ungläubig.

»Salo, von Salome, sie reagiert aber nur auf die ersten zwei Silben; beim vollen Namen schaltet sie ab.«

»Also heißt sie nicht Salome?«

Die Katze verläßt die Wohnung, läuft die Treppe hinunter. »Ich muß auch gehen«, sagt die Frau. »Ich habe zwei Stollen in der Röhre. Die Kinder kommen über die Feiertage. Ich muß noch Plätzchen backen. Ich bringe Ihnen welche hoch!«, ruft sie schon vom Flur.

»Wir sind gar nicht da«, sage ich, aber Asperger macht bereits die Tür zu. »Warum sollten Sie ihr die Freude verderben? Und wohin wollen Sie überhaupt?«

»Ich muß zurück.«

»Wohin?«

»Ich werde mich mit den anderen in Metz treffen.«

»Was machen Sie da?«

»Sie proben bereits, das habe ich Ihnen schon gesagt.«

»Das können sie auch ohne Sie.«

Wir kommen in die Endlosschleife, die wir seit Tagen durchlaufen; er wiederholt stur die gleichen Sätze, ich gebe stur die gleichen Antworten.

»Und Sie, müssen Sie nicht etwas tun?« frage ich.

»Im Unterschied zu Ihnen war ich beim Arzt«, sagt er. »Und der hat mich krank geschrieben. Ich bin noch mindestens eine Woche untauglich!«

Ich sehe ihn an.

»Ich weiß von Ihnen eigentlich gar nichts, außer daß Sie Hühner besorgt haben und aus Deutschland kommen.«

»Das stimmt nicht ganz«, sagt er. »Ein Teil meiner Familie kommt aus Iglau.«

»Was?«

»Sie würden wahrscheinlich Jihlava sagen.«

»Das würde ich allerdings!«

»Ich mag das Wort ›Sudete‹ und ›Vertriebener‹ auch nicht«, sagt er.

»Das ist nett von Ihnen!«

Er schneidet gerade Gemüse und läßt sich nicht stören. Ich sehe ihm zu. »Und wie ist es bei den Pfingsttreffen so?«, frage ich verärgert.

Er lacht. »Ich bin in der amerikanischen Besatzungszone geboren, falls Sie das meinen. Genauer, in Frankfurt – Freie Reichsstadt, mit Hessen nicht zu verwechseln; Sie als Pragerin müßten es verstehen. Ich will Sie aber mit unseren *Interna* nicht langweilen. Unter meinen Vorfahren sind Hugenotten, Niederländer, Tschechen, Deutsche. In der ganzen Familie, mein Vater hatte neun Geschwister, gab es einen einzigen Onkel, der einmal zum Pfingsttreffen der Landsmannschaften gefahren ist; sie zeigten Bilder aus der ›Heimat‹. Der hatte vom Trümmerräumen eine Kopfverletzung, ist bei einem Mauerabriß mitabgestürzt. Und auch dem war es zu dumm.«

»Schade, die ›Heimat‹ ist nämlich schön«, sage ich. »Also lauter Heilige oder Kopfverletzte in Ihrer Familie. Keiner wußte von etwas.«

»Doch, meine deutsche Großmutter war eine stramme NS-Frauenschaftlerin, sie war stolz darauf, vom Dienstmädchen hat sie es zum Hauswart gebracht, und die Nachbarn grüßten sie endlich. Und noch meine Mutter hat das Wort Jude lange nach dem Krieg nur flüsternd hervorgebracht, als wäre es verboten. Gleichzeitig gab es Juden aus Amsterdam in der Sippschaft, nur dritten Grades, versteht sich. Was soll ich Ihnen von meiner Familie eigentlich erzählen?«

»Eigentlich nichts.«

»Wir hatten alles – es gab genug Geschwister. Einer war sogar Kommunist, der wurde nach dem Krieg zur Polizei eingezogen.«

»In der DDR?«

»Nein, natürlich im Westen. In der ›Zone‹, wie es hieß, wäre er im Gefängnis gelandet; die Revisionisten bekamen eine besondere Behandlung. Mein Vater wurde zunächst als Sozialdemokrat von den Nazis eingesperrt, dann – mit Verlaub, von den Tschechen, als Deutscher, und nach der Abschiebung wieder von den Amerikanern, als mutmaßlicher Nazi, aber nur kurz; danach wurde er bei ihnen Dolmetscher. Am meisten hat ihn getroffen, daß die Tschechen ihn ausgewiesen hatten. Er kam in Deutschland nicht zurecht, es war nicht seine Landschaft. Auch wenn die Vertreibung von den Alliierten mitbeschlossen wurde, glich sie manchenorts einer Vergeltung, die Tschechen waren eifrig. Nicht überall, aber in den Grenzgebieten kam es zu Ausschreitungen, die mit einer ›demokratischen Tradition‹ nichts zu tun hatten.«

»Meine Landsleute. Die sich immer so gern als Opfer ausgeben!«, ich starre aus dem Fenster, vom Dach eines Autos wird die Hälfte eines gefrorenen Rehs abgeladen.

»Was sollte ich erst sagen?«, er zuckt mit der Schulter.

»Ich gehe morgen in die Stadt, unter Leute, mit jemandem sprechen.«

»Ich komme mit.«

»Nein, ich will nicht.«

»Warum, weil ich ein Deutscher bin?«

»Sie brauchen sich nicht so viel auf Ihr Deutschsein einzubilden, ein Tscheche zu sein ist auch nicht angenehmer, nicht einfacher oder schmeichelhafter.«

»Doch, ihr habt keinen Hitler gehabt.«

»Ich habe heute keinen Hunger. Und hier muß aufgeräumt werden!« Ich werfe die Kleider vom Bett.

Er sammelt sie auf, seine Brieftasche ist herausgefallen.

»Sie wollten etwas von mir wissen«, er reicht mir eine Visitenkarte, verschrumpft, aufgeweicht, die Schrift kaum leserlich. ›Dr. Thomas Asperger, Euroopa Muusikateatrite Akadeemia.‹ Ich denke zunächst, die Buchstaben wären in der Moldau verschmiert oder verdoppelt. »Ist es finnisch?«

»Estnisch.« Er dreht die Karte. »Europäische Musiktheater-Akademie. Ich habe es auch tschechisch. Der Sitz ist in Bayreuth, Tallinn und Prag. Eigentlich sollte ich nach Tallinn gehen, aber mein Estnisch ist zur Zeit nicht auf der Höhe. Zu Hause sprach man ab und zu tschechisch, ich konnte als Kind tschechische Weihnachtslieder, das wollte ich nicht verlieren. Außerdem ist mein Lieblingsonkel da.«

»Der mit der Kopfverletzung?«

»Nein, Onkel Otto, der Sänger. Sie werden ihn noch kennenlernen.«

»Das muß nicht sein. Und was machen Sie da?«

»Es nennt sich Koordinator. Eine Art Faktotum, Mädchen für alles, Bürobote Dr. Golz.«

»Ich möchte etwas trinken«, sage ich.

»Ist es für Sie so ein Schock?«

»Es ist für mich ein Schock, daß Sie überhaupt arbeiten. Dabei waren Sie schon mindestens zehn Tage nicht da.«

»Vierzehn. Aber erstens sind jetzt Weihnachtsferien und außerdem war ich krank. Und als man noch erfuhr, um wen ich mich kümmere...«

»Was?«

»Woher denken Sie, daß ich Ihren Spielplan kenne, daß ich Ihnen nach Straßburg nachfahren konnte. Dabei mag ich kein Ballett. Was Sie machen, schon. Das ist ein anderes Tanztheater. Mit Tschaikowskis *Pas de deux* können Sie mich jagen! Natürlich kennt man Sie. Die Akademie ist eine Neugründung, es geht darum, Projekte zu unterstützen.«

»Was haben Sie eigentlich studiert?« frage ich.

»Theater- und Musikgeschichte, dazu vier Semester Ägyptologie.«

»Falsches Fach, Ökonomie wäre besser.«

»Sie haben recht, wir sind nicht einmal zum Mittleren Reich gekommen, es hörte irgendwo bei Pepi I. auf. Übrigens, es gibt jetzt im Kinsky-Palais eine Ausstellung über Totenkult oder so, mit ägyptischen Grabkammern. Wollen wir hingehen?«

»In die Grabkammern?«

»Es sollen auch Leihgaben aus China dabei sein.«

»Die Tonkrieger?«

»Das weiß ich nicht genau. Vielleicht ist dort nur ein Pferd aus Terrakotta. Ich wollte schon wegen der ausgegrabenen Armee Sinologie studieren, der Professor hatte sich aber noch nicht eingearbeitet. Eigentlich wollte ich mongolisch lernen.«

»Wegen Temojin?«

Er sieht mich an. »Ja, bevor er Dschingis-Khan wurde.«

»Wir haben einmal versucht, die Geheime Geschichte der Mongolen zu tanzen«, sage ich.

»Tanzen Sie, was Sie lesen? Nicht, was Sie hören?«

»Manchmal. Die Musik suche ich parallel dazu.«

»Machen es die anderen nicht umgekehrt?«

»Wie es die anderen machen, ist ihre Sache.«

»Seit wann sind Sie die ... Prinzipalin?«

Ich lache. »Seit zehn Jahren. ›Prinzipalin‹ ist richtig. Wir sind fahrendes Volk.«

»Ich kenne Sie schon lange. Seit der ›Sache Makropulos‹. Heißen sie wirklich Marty?«

»So ähnlich.«

»Leonora. Nennt man Sie Lena oder Nora?«

»Beides. Lena ist mir vertrauter.«

»Für mich waren Sie immer die Marty. Was bin ich für Sie?«

Ich überlege.

»Was war ich in der Moldau?«

»In der Moldau waren Sie ein Verrückter. Dann Krankenpfleger, ein guter, dann Koch, leider auch sehr guter. Und jetzt sind Sie auch noch ›Sudete‹!«, ich lache. »Woher kommt das Wort überhaupt?«

»Keine Ahnung, mein Vater bezeichnet sich als Tschechoslowake.«

»Dann dürfte er bald der letzte sein.«

»So wie es zur Zeit steht, ja«, sagt er. »Ich habe in dem halben Jahr, seit ich hier bin, nicht erlebt, daß die Slowaken eine einzige föderale Entscheidung akzeptiert hätten. Jeder Staatsbesuch soll noch extra nach Bratislava, als müßte der französische Präsident von London noch nach Schottland fahren, um einen Staatsvertrag gültig zu machen. Es ist absurd – drei Regierungen, tschechische, slowakische und die föderale, die sich gegenseitig auf die Füße treten. Die Slowaken wollen ihre eigene Außenpolitik, aber wenn es um Finanzen geht, rufen sie nach der Föderation.

Umgekehrt die Tschechen: langmütig gönnerhaft, ewig der ältere Bruder, und plötzlich betroffen. Verzeihen Sie. Da fliegen in Bratislava ein paar Eier und Tomaten von einer Handvoll Hitzköpfe dem Präsidenten an den Parka, und schon sind sie beleidigt. Gut, er hatte keinen Parka an, wie in Prag, in die Slowakei fährt er schon ordentlich angezogen, schließlich ist er der Präsident. Für ihn war es eher spannend, er ist doch Dramatiker. Aber sie sprechen gleich von Undank, von den Schulen, die sie dort eingerichtet hätten, in slowakischer Sprache, die Slowaken hätten doch bei den Ungarn bleiben sollen, wenn sie ständig jammern, und jetzt sollen sie endlich gehen! Natürlich sind die Slowaken empfindlich. Sie fühlen sich in allem übervorteilt und auch noch bevormundet. Mit den Ungarn war es einfacher – ein klarer Feind, aber die Tschechen? Sie werden die Positionen räumen müssen.«

»Welche Positionen? Das haben sie längst getan.«

»Vielleicht stört das die Slowaken am meisten«, sagt er. »Sie wollen überredet werden. Die Tschechen machen es sich zu leicht. Wo bleibt das Plebiszit?«

»Das fragen sich die Menschen auch.« Ich sehe auf den Haufen Zeitungen, der sich angesammelt hat. In der Küche zischt es.

»Was kocht da?«

»Ein Paprikahuhn.«

»Schon wieder?«

»Das habe ich noch nie gekocht, wir haben nur darüber gesprochen.«

»Sie haben darüber gesprochen«, sage ich.

»Vorher gibt es eine echte Hühnersuppe, mit Innereien.«

»Wie für Wöchnerinnen.«

»Wer weiß?«, er lacht.

Ich kann ihn immer noch rausschmeißen. »Ich esse heute nichts! Das Kochen muß aufhören.«

Er schweigt.

»Stellen Sie es bitte ab.«

»Da steht man den ganzen Tag am Herd ...«, er geht in die Küche.

»Und lassen Sie die Witze!«

»Gut, wir können auch ernsthaft reden«, sagt er. »Über die Beneš-Dekrete. Und daß das Münchner Abkommen vom Anfang an Null und nichtig war. Daß die Slowaken am Jahresende weggehen und die Tschechen sie nicht halten werden. Daß die Deutschen nicht alle abgeschoben werden sollten und die generelle Vertreibung ein Unrecht war. Aber das wissen wir. Gehen wir hinaus?«

Er hustet, seine Augen glänzen.

»Mir scheint's, wir haben die Rollen getauscht«, sage ich. »Sollten Sie sich nicht lieber hinlegen?«

»Unsinn!«, er reicht mir meinen Mantel. Der Stoff faßt sich steif an; es ist das erste Mal, daß ich wieder aus dem Haus komme. Die Strohglocke im Knopfloch, der Baumschmuck der Slowakin vom

Altstädter Ring, ist zerknittert, das Bad in der Moldau ist ihr nicht bekommen. Ich lasse sie dran. Wir gehen auf den Petřín, klettern auf den Aussichtsturm, der überraschenderweise offen ist, und gehen in das Spiegellabyrinth. Es ist ein sonniger Tag, der Schnee liegt noch, Prag ist schön. Wir sehen uns verzerrt und aufgequollen, gedehnt, schlangenförmig, mit riesigen Köpfen und kurzen Beinen, lachen; werfen Schneebälle. Aspergers Augen leuchten, ich bin mir nicht sicher, ob vom Fieber oder vor Freude. Er sieht mich lange an. Ihre Augen, sagt er. Sie leuchten so.

Ich will mich nicht an ihn gewöhnen.

Die jähen Übergänge zwischen Fremdheit und Vertrautheit, krank und gesund: Euphorie. Ein Zustand von Unbeschwertheit und anhaltender Freude.

Er sammelt Punkte, er spielt auf Zeit. Er weiß nicht, daß bei jemandem wie mir die Zeit der Gegner ist. Immer auf der Seite des sicheren Siegers, des Todes.

Ich mag nicht auf Nummer sicher gehen, die todsicheren Spiele. Und keine Gelegenheiten. Die packe ich nie. Ich erkenne sie nicht einmal. Ich drehe mich um.

Warten Sie!, er läuft mir nach.

Abends merke ich, daß ich diese Nähe, diese seltsame Intimität, durch Krankheit bedingt, nicht mehr ertrage. »Ich bin gesund«, sage ich. »Ich möchte Sie bitten zu gehen.«

Er schweigt. Nach einer langen Starre fängt er an, seine Sachen zusammenzusuchen; eigentlich hatte er nichts mit, stolpert über ein Stuhlbein, das Gesicht naß von Tränen.

»Und husten Sie nicht!« Ich gehe aus dem Zimmer, es gibt kein zweites, also bleibe ich in der unbeheizten Küche, möchte abwaschen, es ist aber alles aufgeräumt, zumindest Tee kochen, die Kanne ist voll. Das hat er von seiner Fürsorglichkeit!

Er öffnet die Tür, das Gesicht gesenkt, wir sind beide wie gelähmt, stumm vor Schrecken. Ich fasse ihn an der Hand. Wir bekommen einen solchen elektrischen Schlag, daß wir zusammenzucken und dann anfangen zu lachen, da preßt er schon sein Gesicht an meinen Hals und hält mich fest, ich kann kaum atmen, wir machen uns gegenseitig naß, lachen, schmecken Salz auf den vom Fieber rissigen Lippen. Über uns auf dem Plakat die dreihundertjährige Elina Makropulos/Emilia Marty in meiner Gestalt, mit meinem Gesicht, in hohem Bogen springt sie über die Zeit.

Sie können wieder auspacken, sage ich.

Einen fremden Körper berühren. Ein Wagnis. Er hat breite Schultern und einen schweren Brustkorb, hält mich fest und vorsichtig umklammert, lange, schlanke Beine. Ich lege den Kopf auf seinen Bauch, höre das Rumoren der Eingeweide, den langen, verschlungenen Weg der Humoralien, sein Herz. Sein Busen ist fast größer als meiner, mit feinem gekräuseltem Haar, ich sauge mich an einer Brustwarze fest, schließe die Augen. Er ist mütterlich.

Verklärte Nacht. Wievielmal wir uns um die eigene Achse drehen, um die des anderen, sein Kopf zwischen meinen Armen, zwischen meinen Beinen, warm, rund, schwer, es erinnert an eine Geburt und an ein Sterben, die Grenze ist nicht auszumachen. Ich starre ihn an, bisher war er ein Fremder, jetzt vertiefen wir uns ineinander, in jede Falte, jeden Winkel der Haut, alle Öffnungen sind Eingänge, und es tut weh, auseinander zu gehen, sich zu trennen. Es ist nur für kurz, nur um zu atmen. Diese Nacht ist eine lange Krankheit, Fieber, Delir; das schlimmste, was passieren kann, gesund zu werden. Gegen Morgen, erschöpft, angespannt wach: es genügt, sich anzusehen, und der Taumel, das Nacheinandertasten, Ineinandergreifen setzt von neuem ein. Wir wissen nicht, wem welcher Körperteil gehört, es gibt keine Teile. So schlafen wir ein.

Libuše Moníková
im Carl Hanser Verlag

Die Fassade
Roman 1987. 440 Seiten

... ein wunderbar reiches, kluges, komisches Buch, das viele Facetten hat und voller Anspielungen und Querverweise steckt ... Die ›Fassade‹ sprengt, wie jeder bedeutende Roman, die Grenzen seiner Gattung. *Der Spiegel*

»Die Fassade« ist eine einzige Verschwendung – von Witz, Wissen, Sinnlichkeit, Fabulierlust, Empathie; von Talent.
Weltwoche

... eines der schönsten, hintergründigsten, witzigsten und intelligentesten Bücher, die in den letzten Jahren die deutsche Literatur hervorgebracht hat. *Klaus Kreimeier*

»Die Fassade« habe ich in diesem langen Winter zuende gelesen. ... Am Ende angelangt, habe ich gleich wieder von vorne angefangen. ... Tausend Jahre soll diese Frau leben, Millionen Leser haben. *Thomas Fröhling*

Treibeis

Roman 1992. 240 Seiten

Libuše Moníková hat einen politischen Roman geschrieben, ... als hätte Jean Paul nicht das deutsche Biedermeier, sondern den Hitler-Staat und Breschnews »Stagnationszeit« erdulden müssen, als wäre Kafkas Prozeß vertagt worden.

Frankfurter Rundschau

Die kühle Sprödigkeit dieser Geschichte, in der man keine Freunde und keine alten Bekannten findet, ist unheimlich und verblüffend. Etwas Besseres kann man sich nicht wünschen. Denn mit der luftigen Kälte, der kalkulierten Ratlosigkeit ihres Schreibens zeigt Libuše Moníková der Literatur einen Weg – ... hinaus in die Fröste der Freiheit.

Die Zeit

Ein großer Roman kann dem Rezensenten auch einmal die Sprache verschlagen. Der verspätete Hinweis auf Libuše Moníkovás ›Treibeis‹ kommt aber dennoch nicht zu spät, weil dieser Roman eine Saison bei weitem überdauert.

Die Furche, Graz

Schloß, Aleph, Wunschtorte
Essays 1990. 160 Seiten
EDITION AKZENTE

Das Bewundernswerte an diesen Essays ist die Präzision, mit der Literatur als kritische Reflexion von Weltzuständen vorgeführt wird. Ohne überflüssige Abschweifung, sachlich bleibend, doch ohne trocken zu sein. *Standard, Wien*

Dieser Band zeigt ihre ungewöhnlich kritische und zutiefst einfühlsame Kraft bei ihrer ganz persönlichen Suche nach dem Wesen der Literatur ... Moníkovás Essays sind meisterhafte Versuche, in literarische und soziokulturelle Welten einzudringen, die sich bis heute nur widerwillig interpretieren lassen. *World Literature Today*

Prager Fenster
Essays 1994. 128 Seiten
EDITION AKZENTE

Je genauer die Fensterblicke im einzelnen sind, um so eher korrigieren sie unser Verständnis von Europa nach Osten hin. *Frankfurter Allgemeine Zeitung*

In kluger, vorurteilsloser Analyse geht die Autorin der Entwicklung in ihrer Heimat nach ... Sie erörtert die belastete Beziehung zwischen Deutschen und Tschechen. *Der Bund*

Libuše Moníková ist eine aufmerksame, kritische, unnachsichtige Zeitzeugin ... Es gibt nicht viele ihresgleichen. Die Lakonie ihres Zorns, der Humor ihrer Selbsteinwürfe, die Klarheit ihrer von den Wechselfällen der Geschichte geklärten, aufgeklärten Argumente – wir können das alles gebrauchen. *Roland H. Wiegenstein*